Mona et son manoir

ARMISTEAD MAUPIN

Mona et son manoir

traduit de l'anglais (États-Unis)
par Marc Amfreville

ÉDITIONS DE L'OLIVIER

Ceci est une œuvre de fiction. Les personnages, lieux et situations décrits dans ce livre sont imaginaires ou utilisés de manière fictive : toute ressemblance avec des personnages ou des événements existants ou ayant existé ne serait que pure coïncidence.

L'édition originale de cet ouvrage
a paru chez HarperCollins en 2024,
sous le titre : *Mona of the Manor.*

ISBN : 978.2.8236.2210.2

À Chris, pour toujours

« En tant que femme, je n'ai pas de pays.
En tant que femme, je ne veux d'aucun pays.
En tant que femme, le monde entier
est mon pays. »

Virginia Woolf, *Trois Guinées*
(Trad. Léa Gauthier)

1

Le manoir attend

À en croire son guide touristique, ils se trouvaient déjà au « cœur légendaire de l'Angleterre », mais par la vitre du train qui traversait la campagne en grondant, Rhonda Blaylock ne voyait guère plus qu'une masse floue vert d'eau. La pluie n'avait pas cessé de tomber depuis qu'ils avaient quitté Londres.

« Tu verras, on va être comme des rois dans ce manoir », dit-elle, soucieuse de se montrer optimiste face à son mari qui n'arrêtait pas de râler déjà à cause du mauvais temps. Elle adorait s'entendre prononcer aussi naturellement le mot « manoir ». Elle n'avait pourtant jamais eu l'occasion de l'utiliser auparavant, sauf pour parler du « Barbecue du Manoir », le restaurant où Ernie et elle avaient fêté leurs noces d'argent en Caroline du Nord. Cette fois, ils se rendaient dans un vrai manoir – bâti sous le règne d'Elizabeth Ire – et elle peinait à dissimuler son enthousiasme.

« Tu as prévenu qu'on arrivait ? grommela Ernie, son visage boudeur pressé contre la fenêtre.

– Bien sûr. » Elle avait appelé depuis la gare d'Oxford, rien que pour ça. « Un monsieur très aimable a dit qu'il allait passer la poêle dans nos lits. »

Son mari se tourna vers elle, interloqué : « Passer quoi ? »

Elle rit de sa propre erreur : « Je voulais dire la “bassinoire”… Enfin, ce truc d’un autre âge dont ils se servent pour réchauffer les lits des clients quand ils les préparent pour la nuit. Je pense que c’était le majordome.

– Pourquoi ?

– Il s’est présenté en donnant simplement son prénom : Wilfred.

– Je croyais au contraire que les majordomes se faisaient appeler par leur nom de famille. »

À l’évidence, Ernie cherchait la bagarre, ce dont elle n’avait aucune envie. Le manoir n’était pas l’étape la plus onéreuse parmi les dix que comptait leur tour d’Europe (ce titre revenait au luxueux Marriott à Paris), mais c’était celle dont elle rêvait le plus depuis qu’elle avait reçu une carte confirmant la réception de leur paiement par Diners Club. La carte reproduisait une charmante gravure à la plume et à l’encre d’Easley House ; au dos, il y avait un message personnel de la dame du manoir : « Bienvenue chez moi », écrivait-elle, et il était signé (à l’encre violette, s’il vous plaît) par lady Roughton elle-même. « Nous nous réjouissons tellement de votre visite. »

Ces mots lui avaient paru si délicieusement intimes. Pas seulement « Nous nous réjouissons », mais « Nous nous réjouissons tellement », comme le dirait une vieille camarade de lycée en vous accueillant dans sa villa de bord de mer, à Nags Head. Mais là, il s’agissait d’une aristocrate anglaise, qu’ils ne connaissaient ni d’Ève ni d’Adam, et dont la famille possédait cette maison depuis presque cinq siècles. Une telle amabilité allait au-delà de tout ce qu’elle aurait pu espérer, même si ce séjour de trois nuits allait leur coûter plus de mille livres sterling.

Elle était si contente d'être tombée par hasard sur cette petite annonce publiée dans le *Southern Living.* Ils allaient vivre quelque chose d'absolument extraordinaire.

Suivant les instructions qu'on leur avait fournies, ils descendirent du train à Moreton-in-Marsh, un village pittoresque entièrement bâti en calcaire doré des Cotswolds. Le vent et les rafales de pluie retournèrent à plusieurs reprises leurs parapluies pliants et inspirèrent à Ernie une nouvelle diatribe.

« On va te commander un bon grog bien chaud au Black Bear », déclara-t-elle en prenant le bras de son mari, alors qu'ils remontaient péniblement la rue en tirant leurs valises. Wilfred lui avait parlé de ce pub et dit de demander au barman qu'il leur appelle une voiture pour rejoindre Easley House.

C'est ce qu'ils firent dès qu'ils eurent franchi le seuil du Black Bear et se furent débarrassés de leurs parapluies dégoulinants.

« Le chauffeur s'appelle Colin, leur dit le barman. Il sera là d'ici vingt minutes. Un type chauve avec de gros sourcils noirs. Je vous prépare tout de suite deux grogs. Et si la maison vous offrait des œufs écossais en attendant ?

– Qu'est-ce que c'est ? » demanda Ernie, soupçonneux.

Rhonda le lui expliqua avant que le barman ait pu répondre : « Des œufs durs enveloppés de chair à saucisse, puis panés et frits. Enfin, Ernie, tu adores ce genre de choses. » Elle venait juste de lire une description des œufs écossais dans un roman anglais à l'eau de rose, et elle était enchantée de s'en voir offrir dans la vraie vie. « Nous allons en prendre deux, dit-elle au barman. Et ne prêtez pas attention à la tête que fait mon mari. Il s'est un peu surmené, ces derniers temps. »

Ernie avait mis ses activités d'avocat en pause depuis près d'un an afin de diriger la campagne de Jesse Helms, en vue de sa réélection en Caroline du Nord. Cela l'avait épuisé, et son éternel mauvais caractère s'était encore accentué. Le sénateur l'avait emporté, bien sûr (il gagnait chaque fois), mais il ne s'était même pas fendu d'un message de remerciement, et encore moins de l'invitation à déjeuner à la cafétéria du Sénat qu'Ernie espérait. Depuis lors, sans raison particulière, Rhonda avait vu son époux se montrer de plus en plus irritable avec tous ceux qui se trouvaient en position de le servir – qu'il s'agisse de leur fidèle domestique, Alva, de ce charmant barman, ou du maître d'hôtel au Simpson's in the Strand, à Londres, qui ne découpait pas le rôti comme Ernie l'aurait voulu.

Le barman leur adressa un sourire en coin en posant les œufs devant eux. « Alors comme ça, vous êtes des amis de lady Roughton ?

– Non », répondit Rhonda, ravie d'être prise pour une intime de cette dame, son imperméable Montaldo et son foulard Hermès « Chasse au renard » y étant peut-être pour quelque chose. Elle ne put s'empêcher de demander : « Qu'est-ce qui vous a fait penser que nous étions amis ? »

Le barman se contenta de hausser les épaules, tout en essuyant son comptoir. « Vous êtes américains, pas vrai ? »

Les yeux d'Ernie se plissèrent. « Oui, et fiers de l'être. »

Rhonda lui jeta un regard réprobateur avant de se tourner de nouveau vers le barman. « Lady Roughton connaît-elle beaucoup d'Américains ? »

Deuxième haussement d'épaules. « Elle est américaine. Je suppose qu'elle doit en connaître.

– Elle est *américaine* ? Je croyais que la famille remontait au règne d'Elizabeth Ire.

– Exact. Mais elle, elle y est entrée il y a seulement une dizaine d'années, quand elle s'est mariée avec lord Teddy. Puis le pauvre bougre est mort et il lui a laissé le domaine à gérer. Ça n'a pas l'air de lui déplaire, cela dit. Elle m'a expliqué que c'était son destin de tenir une grande maison. Elle a ça dans les gènes. Je sais pas trop ce qu'elle voulait dire par là… mais…

– Alors vous la connaissez bien ?

– Tout le monde la connaît. Elle vient faire ses courses au village. Donc vous, vous êtes juste… des clients ? »

Légèrement humiliée, Rhonda murmura que oui.

Colin, leur chauffeur chauve aux sourcils broussailleux, n'était pas du genre bavard. Durant les vingt minutes du trajet entre le pub et Easley House, il ne leur adressa pratiquement pas la parole, même quand Rhonda fit des commentaires élogieux sur le paysage : les prairies ondoyantes, une chapelle au bord de la route dont les vitraux luisaient d'un joli rose sous la pluie, une vieille grange en bois un peu délabrée mais qui ne manquait pas de charme. Toutes les maisons qu'elle apercevait étaient du même calcaire doré que celles du village. Cette unité donnait l'impression qu'elles appartenaient à la même famille, tels les rejetons dispersés du magnifique manoir, qui jaillit soudain au détour d'un chemin creux.

Rhonda retint son souffle en le découvrant. « Oh, Ernie, regarde !

– J'ai vu », rétorqua son mari.

Easley House était une bâtisse assez anarchique de deux étages, dotée de pignons impressionnants et d'un toit pentu. La pierre calcaire s'était assombrie avec l'humidité et l'usure du temps, présentant désormais des nuances mêlées d'orange et de gris, un peu comme la fourrure d'un tigre. Des créneaux, aux allures de gros gâteau de mariage, bordaient le haut de la façade, et la porte principale était si imposante qu'on la voyait de très loin. Des volutes de fumée s'échappaient d'une cheminée monumentale quand Colin arrêta la voiture dans une allée creusée d'ornières, sur le côté de la maison. Il se dégageait de tout cela une impression de délabrement digne d'un château de roman gothique. Rhonda sentit son rythme cardiaque s'accélérer en s'imaginant déjà en franchir le seuil.

« Comment fait-on pour aller jusqu'à la porte d'entrée ? demanda-t-elle, tandis qu'Ernie déchargeait leurs bagages.

– On l'utilise pas.

– Il veut dire que les clients ne passent pas par là, expliqua Ernie.

– Non, monsieur. Personne le fait. Elle est condamnée. Lady Mo dit que c'est trop compliqué de s'en servir.

– Qui ?

– Le prénom de lady Roughton, c'est Mona. On est quelques-uns à l'appeler lady Mo.

– Comme c'est charmant ! s'exclama Rhonda. Comme lady Di. Vous croyez qu'elle accepterait qu'on fasse de même… ?

– Combien on vous doit ? s'enquit Ernie que ces bavardages agaçaient manifestement.

– Dix livres tout rond », répondit le chauffeur.

Ernie extirpa un billet de son portefeuille et le lui tendit.

« Merci, Colin. Mais par où on entre, bon sang ?

– Par là, monsieur. » Le chauffeur leur indiqua une porte tout à fait quelconque face à la voiture. « Suivez le couloir jusqu'à la grande salle. Quelqu'un va venir vous chercher. »

Et Ernie et Rhonda, tirant leurs valises cliquetantes, s'engagèrent dans un corridor aux murs moisis, bordé d'outils de jardinage et de bicyclettes rouillées.

Ernie grogna de plus belle. « Mille livres ! marmonna-t-il.

– Chut », lui ordonna Rhonda en posant un doigt sur ses lèvres. Elle devinait qu'ils étaient presque arrivés au bout du couloir et elle ne voulait pas que Madame la Comtesse l'entende maugréer. De fait, les houes et les râteaux laissèrent vite la place à un mur vert épinard couvert d'austères portraits d'ancêtres, de sombres paysages et d'une affiche en piteux état représentant un vitrail avec le mot « Effacement » inscrit au sommet, dont elle était sûre qu'il avait un sens religieux.

Puis, soudain, ils émergèrent sous les voûtes de la grande salle, aux murs éclairés par les lueurs vacillantes d'un feu de bois. La cheminée était gigantesque, on aurait pu y tenir debout, se dit-elle en saisissant la main d'Ernie dans un moment de stupeur émerveillée. Des reflets jaune citron tombaient d'un immense vitrail, créant l'illusion que leurs visages étaient baignés de soleil.

« C'est quoi, ce bruit ? » demanda Ernie, toujours soupçonneux.

Elle l'entendait aussi : une sorte de tintement discontinu qui semblait résonner tout autour d'eux.

Ce fut Ernie, bien sûr, qui trouva l'explication. « Bon Dieu, c'est le toit qui fuit ! » D'un air triomphant, il montra une casserole posée sur le sol comme s'il venait de découvrir un indice essentiel dans une affaire criminelle non élucidée. Elle était déjà à moitié pleine, et il y en avait trois ou quatre autres stratégiquement disposées dans la pièce pour récolter les gouttes de pluie.

Personne en vue pour les accueillir. Pas même un bureau avec une sonnette pour appeler.

« Bonjour, s'écria Rhonda d'un ton aussi aimable que possible. Vous avez du monde. » Elle se sentit aussitôt complètement stupide, mais c'étaient les seuls mots qui lui étaient venus à l'esprit.

Ernie leva les yeux au ciel en soupirant profondément. Elle savait qu'il était sur le point d'exploser de nouveau, mais il n'en eut pas le temps, Dieu merci. Un jeune homme se précipitait à leur rencontre en poussant une porte battante, un plateau de thé entre les mains. Il portait un nœud papillon écossais et un gilet sans manches à losanges, avec un gros trou. Il arborait une coupe afro, et elle l'aurait qualifié de « mulâtre » à cause de son teint café au lait, si Oprah Winfrey n'avait clairement expliqué que les intéressés n'aimaient pas ce mot.

Il salua Rhonda avec un air de gentille contrition. Il devait avoir environ vingt-cinq ans, supposa-t-elle, mais son air embarrassé le faisait paraître plus jeune.

« Vous devez être Mme Blaylock, dit-il en posant le plateau sur un buffet de chêne foncé. Ce thé était censé être déjà prêt, pour vous souhaiter la bienvenue. Désolé, je me suis mélangé les pinceaux. D'habitude, Colin klaxonne quand il part chercher des clients. Vous voulez que je monte le plateau dans votre chambre ou que je vous serve une petite tasse ici ? »

Rhonda était touchée par les efforts qu'il déployait pour arranger les choses.

« Eh bien, nous prendrons le thé plutôt ici, si c'est possible. Je vous présente M. Blaylock. Nous sommes tous les deux morts de froid. » Il ne correspondait pas du tout à l'idée qu'elle se faisait d'un majordome, mais elle avait reconnu sa voix. « Vous devez être Wilfred ?

– Je plaide coupable », répondit celui-ci en disposant d'élégantes tasses et soucoupes dépareillées. Elle remarqua que sa main tremblait alors qu'il servait le thé. Soudain, la théière en argent lui échappa et s'écrasa sur une tasse, qui vola en éclats.

« Quel con ! marmonna-t-il, avant de lever vers Rhonda un regard confus et penaud. Pardon pour le gros mot !

– Nous renonçons au thé. Montrez-nous notre chambre, s'il vous plaît », bougonna Ernie.

Rhonda se sentit désolée pour le jeune homme qui, après tout, essayait seulement de faire au mieux son travail. « C'était très gentil de votre part », lui dit-elle, tandis qu'il s'empressait de ramasser les fragments de porcelaine avant de se charger de leurs valises.

« Lady Roughton va bientôt descendre vous saluer. Votre chambre est à l'étage, la troisième porte à gauche. Je vais déposer vos bagages devant. »

Sur quoi, il disparut, laissant de nouveau les Blaylock seuls dans la grande salle.

« Mille livres ! grommela Ernie, une fois de plus.

– Oh, tais-toi, chuchota Rhonda.

– Est-ce que, par hasard, tu serais en train de dire à ton mari de la boucler ?

– Oui, Ernie, j'en ai bien l'impression.

– Eh bien, permets-moi de te dire qu'on aurait dû avoir assez de putain de bon sens pour rester deux jours de plus au Dorchester, mais non… il fallait que Madame séjourne dans sa gentilhommière… »

À cet instant, ils entendirent des bruits de pas dans l'escalier, et il s'interrompit.

La femme qui apparut avait une chevelure rousse dont les boucles cascadaient, telle une coulée de lave. Elle portait une culotte de cheval et un haut en velours vert mousse qui lui laissait les épaules dénudées. Elle approchait sans doute de la cinquantaine.

« Bienvenue dans mon souk, lança-t-elle en descendant bruyamment les marches. Je suis Mona Roughton. Désolée pour les petites fuites d'eau. Elles reviennent chaque année malgré tous nos efforts pour colmater les brèches. J'espère que mon fils vous a servi une bonne tasse de thé. »

Son fils ? Alors qu'elle a la peau si blanche ? Rhonda ne savait que répondre. « Oh… Eh bien… oui. Wilfred, vous voulez dire ? Il s'est montré très attentif… et très prévenant. » Elle jeta un coup d'œil rapide en direction d'Ernie pour s'assurer qu'il n'allait pas parler de la tasse brisée qui gisait, parfaitement visible, sur le plateau que le jeune homme avait abandonné là. Elle ne voulait surtout pas causer d'ennuis à Wilfred.

« Nous travaillons en famille, expliqua lady Roughton, comme si elle avait lu dans les pensées de Rhonda. Nous avons très peu de personnel, à part notre jardinier, M. Hargis, qui sait comment marche notre vieille dame, ou comment elle ne marche pas, quand c'est le cas. » Elle tendit la main à Rhonda. « Je suppose que vous êtes les Blaylock. Sinon, décampez tout de suite de ma demeure ancestrale ! »

Rhonda comprit que c'était une plaisanterie destinée à réchauffer l'atmosphère et elle réussit à émettre un gloussement poli. Ernie, pour l'instant au moins, semblait si éberlué qu'il restait coi.

« Allons, dit lady Roughton en leur indiquant l'escalier. Vous avez sûrement besoin d'un bon bain et de vous reposer un peu, n'est-ce pas ? Votre chambre a la plus belle baignoire à pattes de lion de la maison, et vous y trouverez de fabuleux sels de bain à la lavande. Je vous montrerai les lieux avant le dîner, mais n'hésitez surtout pas à aller y jeter un œil de votre côté si vous en avez envie. Il n'y a pas d'autres clients en ce moment, et tout est libre d'accès. Considérez cette maison comme votre Disneyland privé. C'est ce que je fais moi-même tous les jours. »

Ils montèrent l'escalier à sa suite et découvrirent une vaste chambre, haute de plafond, dotée d'un tapis d'Orient élimé et d'un lit à baldaquin. Une salle de bains y était attenante, qu'on venait apparemment de repeindre dans un violet criard. Ernie, qui faisait le tour de la chambre en silence, se sentit obligé de lire l'étiquette sur la fine bouteille posée sur la table de chevet : « Eau de Malvern ».

« C'est la meilleure eau qui soit, déclara lady Roughton. La reine en emporte toujours avec elle quand elle voyage. Rien à voir avec celle qui croupit dans ces vieilles canalisations qui datent au moins de l'époque du roi Jacques Ier. » Elle s'avança vers la fenêtre et tira un lourd rideau damassé qui avait dû être rouge en d'autres temps. « De là, vous avez une vue magnifique sur notre folie. Vous la voyez ? Tout là-haut ? »

Rhonda la rejoignit. Devant elle s'élevait une colline verte et escarpée avec, au sommet, un petit pavillon surmonté d'un toit en forme de bonnet d'âne. Lady Roughton expliqua : « L'ancêtre de mon mari, le je-ne-sais-plus-combientième comte de Truc-Machin-Chose, l'avait fait construire pour échapper à la surveillance de sa femme qui était très croyante, si vous voyez ce que je veux dire. »

Non, Rhonda ne comprenait pas ce qu'elle sous-entendait, et elle accueillit avec soulagement l'arrivée impromptue d'un gros chien jaune qui avait bondi droit dans ses jambes.

« Mais qui est donc cette gentille bête ?

– Je vous présente Miss Vanilla Wafer, mais nous l'appelons tout simplement Nilla. Ici, c'est elle qui commande. Si elle apporte un animal mort dans votre chambre, ce sera le signe qu'elle vous aura adoptés. »

Ernie, qui préférait souvent les canidés aux hommes, s'accroupit près de la chienne pour la caresser derrière l'oreille. « Tu es une brave petite, n'est-ce pas, Nilla ? » Rhonda aimait assister aux rares manifestations de tendresse de son mari. Cela le rendait plus humain aux yeux des étrangers. Il se tourna vers lady Roughton. « Une vraie merveille ! Vous chassez avec elle ? »

La dame du manoir parut interloquée. « Vous me demandez si je bats la campagne avec elle pour tuer de pauvres bêtes ?

– Mais oui. Ces chiens sont élevés pour ça. Vous voyez ces grosses mâchoires bien souples ? » Il fit jouer la gueule de l'animal. « Elles servent à rapporter un faisan abattu sans le broyer.

– Eh bien, je suis ravie de l'apprendre, mais non, nous ne chassons pas à Easley. Pas sous mes yeux, en tout cas. Aucun sport sanglant sur ce domaine. Nilla doit se contenter de campagnols. »

La tension dans l'air était palpable, et Rhonda tenta de changer de sujet.

« Je crains de ne pas savoir ce qu'est un campagnol.

– Une espèce de rat des champs, répondit lady Roughton en se dirigeant vers la porte, suivie du chien. Il est temps pour moi d'aller faire cuire du pain. Le dîner est servi à huit heures dans la grande salle. Si vous entendez Nilla aboyer, ne vous inquiétez pas. L'odeur du pain qui cuit excite toujours beaucoup cette bonne vieille lesbienne. »

Sur ce, elle disparut.

Ernie se tourna vers sa femme. « On se tire d'ici tout de suite !

– Je vais me faire couler un bain », répliqua Rhonda.

2

Ecstasy

Wilfred s'activait dans la cuisine, surveillant une marmite fumante de ragoût d'agneau, quand Mona franchit en trombe la porte battante.

« Ça m'a l'air divin !

– Ben, c'est le plat du chef, pas vrai ? »

Le ragoût d'agneau était une des trois « spécialités » de Wilfred, les deux autres étant le hachis parmentier et le haddock pané ; cela suffisait en général pour nourrir leurs clients. La plupart d'entre eux ne restaient pas au-delà de la troisième nuit, l'effet de surprise s'était alors émoussé et l'humidité commençait à leur peser. Ils avaient compris qu'il n'y avait qu'une seule petite télé noir et blanc déglinguée dans toute la maison et que le vieux M. Hargis, qui ne voyait plus très clair, avait tendance à leur tomber dessus au moment où ils s'y attendaient le moins. Easley avait du caractère, à défaut de confort. Certains le comprenaient, quant aux autres, qu'ils aillent se faire voir ailleurs.

Elle demanda à Wilfred ce qu'il avait pensé des Blaylock.

Il haussa les épaules sans cesser de touiller son ragoût.

« Convenables, je trouve.

– Et tu leur as servi le thé comme il faut ? »

Nouveau haussement d'épaules.

« Tu as la tête dans le sac, hein ? »

La cuiller s'immobilisa et il tourna les yeux vers elle. « Et qu'est-ce qui te fait dire ça, Madame la Comtesse ? » Il ne l'appelait jamais comme ça, sauf pour se moquer.

« Eh bien, on est lundi, tu as passé le week-end à Londres et tu n'as jamais les yeux en face des trous quand tu t'es envoyé de l'ecstasy au Fridge. Et puis il y a tous ces morceaux de porcelaine avec tes empreintes dessus qui t'accusent. Ça te suffit comme preuve ? »

Il esquissa un sourire. « Bravo, Miss Marple.

– Tu as rencontré un type sympa ?

– Bof…

– Il n'est pas dans ta chambre, j'espère ? »

Wilfred secoua la tête. « Il m'a raccompagné à la gare après le petit déjeuner. »

Sa dernière conquête en date avait passé la nuit à Easley House, sans qu'il se donne la peine d'en informer quiconque, et Mona avait été réveillée à l'aube par le cri strident d'une cliente du Derbyshire – une bibliothécaire à la retraite, rien de moins – qui venait de croiser un culturiste égyptien, nu comme un ver, arpentant les couloirs à la recherche des toilettes. Un vrai désastre.

« Je te demande seulement de me prévenir. Cette pauvre femme était complètement traumatisée. » Quelques secondes d'hésitation. « Tu fais gaffe, hein ?

– Je te le promets, Mo… Il n'y a personne là-haut.

– Je ne parle pas de ça. Je veux dire, enfin tu sais, les rapports protégés. Sous ecstasy, on peut se sentir invincible. On s'emballe et on oublie qu'il faut…

– Oh, Mo, arrête ton char ! On s'est juste branlés dans une ruelle obscure. »

Mona lui jeta un regard surpris. « Et il t'a quand même raccompagné à la gare ce matin ?

– Eh oui !

– Super gentil de sa part. »

Wilfred haussa une fois de plus les épaules. « Il avait l'air de bien m'aimer. Va comprendre.

– Tu as le droit de le ramener à la maison un de ces jours, alors… Lui ou un autre, d'ailleurs. »

Elle s'efforçait de ne pas apparaître comme une mère qui veut tout contrôler, même si, au fond, c'était le cas. Wilfred vivait à Easley depuis dix ans, mais elle avait été obligée de l'adopter cinq ans plus tôt quand il était encore mineur et que les brutes épaisses des services de l'immigration aux ordres de Thatcher étaient venues fouiner dans le coin et avaient menacé de l'expulser vers l'Australie. C'était complètement ridicule, bien sûr, parce que Wilfred était né dans un squat à Brixton, mais leurs intentions étaient claires : ces gens ne voulaient pas qu'un Anglo-Aborigène clandestin circule en toute liberté dans une demeure prestigieuse. Et donc Mona lui avait fourni des papiers. Lorsqu'il était officiellement devenu son fils, elle l'avait installé dans une des chambres pittoresques sous les toits.

« Cette chambre est manifestement faite pour l'amouuur », avait-elle déclaré en traînant sur la dernière syllabe à la manière de Johnny Hallyday pour montrer qu'elle serait cool avec les visiteurs d'une nuit. Wilfred avait décoré la pièce avec des tapis et des couvre-lits dénichés au grenier, et aussi des bougies, des coussins et des encensoirs suspendus, lui donnant ainsi l'air un peu dissolu d'un sérail byzantin. Elle s'était rendu compte, non sans un pincement de nostalgie, que c'était exactement le genre de repaire qu'elle se serait aménagé au temps où elle vivait à San Francisco (à l'exception, évidemment, des posters omniprésents de George Michael, l'idole de Wilfred).

Elle avait envie qu'il se trouve un compagnon, elle le voulait vraiment, mais elle tremblait à la pensée qu'il aille draguer à Londres, shooté à l'ecstasy, alors que l'épidémie faisait rage. Elle avait espéré qu'il rencontrerait un garçon sympa en ville – en ville, c'est-à-dire dans leur minable village d'Easley-on-Hill, où Wilfred écumait parfois les fêtes paroissiales et les matchs de football dans l'espoir de croiser un jeune gay qui aurait décidé de vivre à la campagne. Son unique gibier, un jeune blond pétillant, fils de pasteur, qu'il avait ramené à la maison, un soir de Noël, avait des intentions un peu douteuses. Comme Wilfred l'avait formulé à l'époque : « Il voulait mettre un pied chez moi, mais pas la main dans mon slip. » Easley House exerçait un charme puissant sur les jeunes du coin en mal d'ascension sociale, même si la lignée héréditaire s'était éteinte avec Teddy. La pierre terre d'ombre qui s'effritait gardait quelque chose de magique, et personne ne le savait mieux que Mona qui tirait ses revenus de la curiosité de visiteurs étrangers. Elle avait adoré l'idée de partager l'enchantement de ces lieux avec ce gentil garçon.

Wilfred avait tout juste seize ans quand il avait emménagé, un véritable enfant trouvé, laissé sur le seuil par son ami Michael Tolliver, lorsqu'il était venu en Angleterre pour la retrouver et avait séjourné quelque temps au manoir. Wilfred était raide dingue de l'Américain à l'époque, mais Michael, par égard pour son âge, avait repoussé ses avances. Quand il était reparti à San Francisco au bout de quelques semaines, Wilfred était resté à Easley et, en un rien de temps, il était devenu un membre de la « famille logique » de Mona, une expression qu'adorait son père/mère, Anna Madrigal. Après tant d'années, sans l'avoir jamais voulu, Mona avait enfin un fils.

Bien entendu, on s'était mis à raconter au village que Mona et Wilfred couchaient ensemble. Elle voyait les sourires narquois que les gens échangeaient quand ils faisaient leurs courses une fois par semaine, et ça l'emmerdait vraiment parce que ça signifiait, à leurs yeux, qu'elle était une cougar – si ce n'était, carrément, une pédophile. Nul n'ignorait dans tout le Gloucestershire que son défunt mari était une folle tordue, alors comment pouvaient-ils la soupçonner de penchants hétérosexuels si minables ? *Circulez, y a rien à voir*, avait-elle envie de crier à tous ces petits malins. *Seulement deux queers qui se sont trouvé une famille !*

Les commérages sur sa pseudo-pédophilie prirent vite fin quand elle commença à sortir avec Poppy Gallagher, la ravissante postière de Chipping Campden. Poppy s'était personnellement occupée du courrier toujours plus volumineux que ses clients potentiels adressaient à Mona. « Je vais vous ouvrir votre propre boîte », lui avait-elle murmuré un jour, à l'abri de sa magnifique crinière de cheveux châtains, et à l'évidence, elle lui proposait aussi autre chose. Elles avaient conclu l'après-midi même et, tout l'été, leurs rencontres avaient été torrides, soit à Easley, soit chez Poppy dans son ancien moulin restauré, mais dès les premières gelées, leurs ardeurs s'étaient refroidies. Elles continuaient à se voir, mais plus pour échanger des boutures que des cunnilingus. Poppy et elle étaient donc de bonnes copines de baise occasionnelle, ce qui n'excluait pas des bénéfices d'ordre pratique, et, de l'avis de Mona, c'était une situation plutôt idéale.

En fait, elle adorait vivre en célibataire à Easley House. Il y avait toujours Wilfred et les clients si jamais elle avait besoin de compagnie, et puis elle aimait la douce solitude enveloppante que lui prodiguait le manoir, avec ses pièces vides et ses jardins à l'abandon, prêts à l'accueillir à tout moment quand elle recherchait la tranquillité. Parfois, il lui semblait que cette maison l'avait attendue toute sa vie.

Ou qu'elle, Mona, l'avait toujours attendue.

La pluie était de plus en plus violente, elle s'abattait avec force contre la vitre en losanges au-dessus de l'évier. Mona et Wilfred se précipitèrent dans la grande salle pour vérifier l'état des casseroles. L'une d'elles, comme Mona s'en était doutée, était sur le point de déborder.

« Je pense qu'on devrait déplacer la table, pour plus de sécurité, dit-elle. Si le toit fuit sur la coiffure apprêtée de cette femme, ça va nous coûter un bras. Et il va nous falloir plus de bûches pour la cheminée, tu ne crois pas ? Il fait plus froid dans cette maison qu'entre les tétons d'une sorcière. »

Wilfred déclara qu'il était d'accord sur chaque point et essaya d'aider Mona à bouger la table, un mastodonte en chêne massif dont l'allure aristocratique impressionnait les clients, mais qui était un enfer à déplacer.

« Tu veux que j'aille chercher M. Hargis ? demanda-t-il en constatant que leurs efforts étaient vains.

– Seulement si tu tiens à ce qu'il nous fasse une crise cardiaque. » Elle se releva et fit pivoter son buste pour s'assurer qu'elle ne s'était pas bousillé le dos. « Si la fuite s'étend, on posera une casserole sur la table et Mme Blaylock changera de place. Effet pittoresque garanti. Ils en parleront encore, des années après leur retour en Alabama.

– En Caroline du Nord.

– C'est pareil. »

Wilfred réfléchit quelques secondes. « Tu crois qu'ils sont racistes ? »

Mona haussa les épaules. « Je ne l'ai pas remarqué pour l'instant. Toi, oui ?

– Non. Ils m'ont l'air réglos.

– De toute façon, on ne peut pas faire les difficiles. Moins on en sait sur les opinions politiques de nos clients, mieux on se porte. On est juste là pour leur offrir un bon moment en échange de leur argent. »

Wilfred sourit de toutes ses dents. « Comme disait ta grand-mère. »

De tous les détails louches de l'existence surprenante de Mona, celui qui impressionnait le plus Wilfred était le fait que sa défunte grand-mère avait tenu un bordel dans le Nevada. Il le lui rappelait dès qu'il en avait l'occasion. D'un sourire, elle reconnut le parallèle entre sa vie et celle de cette autre Mona. « Eh bien, on a sacrément besoin de ce fric, il faut l'admettre. Grâce aux Blaylock, on a pu se payer un nouveau chauffe-eau, et c'était pas du luxe. »

Voilà comment elle s'était mise à penser à ses hôtes payants : un mal nécessaire qui permettait de s'offrir le nécessaire. Le couple de Milton Keynes en voyage de noces avait couvert les réparations de la vieille Toyota de Teddy. De robustes lesbiennes texanes avaient financé un mois de courses et une nouvelle commande d'eau de Malvern. Un professeur d'histoire de Glasgow leur avait évité qu'on leur coupe l'électricité, au moment même où elle s'apprêtait à devoir expliquer qu'ils préféraient s'éclairer à la bougie. Ils se retrouvaient parfois au bord du gouffre mais, d'une façon ou d'une autre, et malgré tous les obstacles, le manoir finissait toujours par les sauver.

M. Hargis fit son entrée dans la grande salle en titubant sous le poids d'un énorme seau de jonquilles dégoulinantes de pluie.

« Je me suis dit qu'une petite touche de printemps dans la maison vous ferait plaisir, milady. » Au début, Mona avait essayé de convaincre le vieux bonhomme de laisser tomber ce ronflant « milady », mais elle avait abandonné la partie en voyant combien il y tenait. Pour le meilleur ou pour le pire, elle était sa lady, comme Teddy avait été son lord pendant cinquante ans, et ce n'était pas juste de le priver de cet usage alors qu'il devenait un peu sénile.

« Vous êtes mon héros », s'exclama-t-elle en prenant les fleurs, qu'elle fourra dans un grand pot en cuivre sur la table. Voilà qui allait témoigner de la saison, comme un signe annonciateur du célèbre printemps anglais pour lequel les

Blaylock avaient dépensé une fortune. « Tu veux bien aller chercher de l'eau pour les jonquilles, mon chéri ? »

Wilfred écarquilla les yeux. « Pourquoi tu les mets pas sous une fuite du toit ?

– Très drôle. Allez, remue-toi un peu ! Ils vont descendre dès qu'ils auront fini leur sieste et il faut qu'on leur fasse le grand jeu. »

Elle lui donna une tape sur les fesses pour lui montrer qu'elle n'était pas fâchée.

Wilfred parti, M. Hargis aida Mona à répartir les jonquilles dans plusieurs récipients. Ils gardèrent le silence jusqu'à ce que le vieil homme risque un timide « Milady ? ».

« Quoi donc, monsieur Hargis ? » Elle avait sans doute parlé de façon un peu abrupte, mais elle savait ce qui allait suivre. Ces derniers temps, il ne revenait jamais de son jardin sans se plaindre d'une chose ou d'une autre.

« Le vieux gitan est de retour, dit-il.

– Ah oui, répondit-elle d'un ton dégagé.

– Oui, milady. Près de la folie, cette fois.

– Est-ce qu'il a… est-ce que vous pensez qu'il a dormi là ?

– Je peux pas dire. Il a détalé comme un lapin. »

Mona ficha une jonquille dans un bocal. « Vous savez que ça m'est égal, n'est-ce pas ?

– Que quoi vous est égal, milady ?

– Que des gitans pénètrent dans le domaine.

– C'est pour vous protéger, milady.

– Je le sais et je vous en suis reconnaissante, mais les gitans sont des habitants de ce comté comme les autres. » En fait, une roulotte aux couleurs criardes se garait parfois sur la place du village, et une femme à l'air renfrogné, enveloppée dans un grand châle, se tenait là avec ses enfants aux beaux yeux noirs en amande, guettant les touristes curieux et prêts à payer pour prendre sa petite famille en photo. « Ils font partie du décor, reprit Mona. Pas de quoi fouetter un chat. »

Le jardinier sembla effaré. « Ils volent des bébés, milady.

– Alors on a de la chance, répondit-elle avec un sourire, parce qu'on a épuisé notre stock pour l'instant. À moins que vous ne comptiez Wilfred, mais il est assez grand pour se défendre. »

Son ton de Madame Je-sais-tout parut accabler le pauvre M. Hargis.

« Vous savez bien que ce sont de vieilles histoires de bonne femme, ajouta-t-elle plus gentiment.

– Je ne fais simplement aucune confiance à ce vieux sournois de romano. Toujours à fouiner partout. La semaine dernière, je l'ai chassé de la grange. Vous savez très bien de quoi il est capable. »

En réalité, Mona n'en savait rien. Au cours de toutes les balades qu'elle avait faites dans le domaine, ces dix dernières années, elle n'avait jamais croisé le soi-disant intrus. C'était le croque-mitaine personnel de M. Hargis et il semblait de moins en moins vraisemblable, au fil du temps, qu'il existe pour de bon. Elle ne remettait jamais en doute son existence cependant, parce que c'était la façon qu'avait trouvée le vieux jardinier de s'ériger en figure protectrice, l'œil toujours vigilant pour assurer leur sécurité à Easley. Dans chacune des versions de son récit, que la scène se déroule près de la folie, dans les bois ou dans la grange, il réussissait invariablement à déloger le vieux gitan.

Mona mit le couvert pour les Blaylock, disposant sa vaisselle Wedgwood de part et d'autre des chandeliers en étain terni et des jonquilles dans leurs bocaux. Elle était particulièrement fière des marque-places peints à la main que Poppy Gallagher avait personnalisés pour ses hôtes. EASLEY HOUSE SOUHAITE LA BIENVENUE AUX BLAYLOCK, pouvait-on y lire, et les mots étaient entrelacés de violettes de Parme et de boutons de rose. Poppy en avait déjà réalisé de semblables, gratuitement, pour une douzaine d'autres clients, et ils avaient fait un tabac. Le secret de l'hospitalité, avait compris Mona, ne résidait pas dans des dépenses extravagantes, mais dans des détails peu coûteux qui faisaient que les hôtes se sentaient importants. Invariablement, ils repartaient avec ces marque-places, que ce soit à Des Moines ou à Milton Keynes.

« J'espère qu'il n'est pas trop tard pour la visite ! »

Mona leva les yeux vers Mme Blaylock qui descendait l'escalier. Elle s'était manifestement mise en frais pour le dîner. Elle portait une jupe vert et rose et un chemisier assorti que la mère biologique de Mona aurait pu porter à un salon de professionnels de l'immobilier à Minneapolis.

« Mais que vous voilà élégante ! » s'exclama Mona.

Sa cliente ploya légèrement les genoux en un mouvement qui aurait pu passer pour une révérence. « Infroissable au lavage, idéal pour voyager. J'espère que cela ne sera pas déplacé dans cette maison. »

Mona réprima un petit rire. « Rien n'est déplacé ici. » Comme si elle répondait à un signal convenu, Nilla se mit à aboyer dans la cuisine. « Je vous l'avais dit, non ? Elle aboie parce que le pain est cuit. Laissez-moi juste une seconde. » Elle se précipita hors de la pièce, sortit le pain du four, le posa sur une étagère en hauteur et revint vers Mme Blaylock. « Allons-y alors… La visite commence.

– Je ne voudrais surtout pas vous déranger…

– Arrêtez. Vous passez votre temps à vous excuser. »

Mme Blaylock gloussa nerveusement. « Vous trouvez ?

– Oui, chère madame, et je ne suis pas prête à l'accepter. » En son for intérieur, elle rit de cette formulation prétentieuse. « Est-ce que je pourrais vous appeler par votre prénom ?

– Bien sûr. Je m'appelle Rhonda, répondit celle-ci en rougissant.

– Vraiment, comme l'actrice Rhonda Fleming ?

– Oui ! C'est en son honneur que ma mère m'a donné ce prénom. »

Mona leva les mains pour saluer cette coïncidence inattendue. « Ma mère me parlait sans arrêt de Rhonda Fleming parce que c'était une rousse célèbre et qu'elle ne voulait pas que j'aie honte de… ça. » Elle plongea les doigts dans ses boucles rousses et souples.

« Mais vous avez de si beaux cheveux ! s'exclama Rhonda. Toutes les femmes en voudraient de pareils. »

Mona haussa les épaules. « Sauf ma mère, apparemment.

– Je suis sûre que votre mari en raffolait.

– En fait, expliqua Mona qui se sentait d'humeur à provoquer cette bourgeoise de Caroline du Nord à l'air si sage, j'étais décolorée en blonde à l'époque. Sans doute pour imiter lady Di.

– Oh, vous la connaissez ?

– Non, mais mon mari oui. Un peu. Il avait été invité à

plusieurs soirées où elle était présente. Je m'étais dit que cette couleur lui plairait. En vérité, pas du tout. Et à moi non plus, je vous jure. »

Rhonda eut un petit sourire triste. « Ah, toutes ces choses que nous faisons pour nos conjoints ! »

Pas faux, songea Mona. « Votre mari va nous rejoindre pour la visite guidée ?

– Euh, non. Il a déniché un livre de Tom Clancy dans la bibliothèque et il est en train de le dévorer. »

Mona lui sourit. « Vous savez, quelqu'un l'a oublié en partant, alors je l'ai gardé à l'intention des hommes. Ils adorent ces saletés de récits de guerre, n'est-ce pas ? Bon allons-y, Rhonda. J'ai des merveilles à vous montrer. »

Et, ouvrant la marche, elle commença à gravir l'escalier.

Au fil du temps, la visite s'était transformée en un vrai pot-pourri de loufoqueries. Le père de Teddy, lord de ce manoir après la guerre, avait fait réaliser pour chaque portrait de famille une plaque de laiton portant les noms des membres qui y étaient représentés, et à partir de là, l'imagination de Mona pouvait prendre son envol. Ses petits numéros précédents ressemblaient à ça : « Et voici la belle lady Daphne Roughton, morte dans la fleur de l'âge, en 1647, en se jetant du haut d'un clocher en Espagne. Elle s'est suicidée au moment précis où son amant, un prince de Castille, s'unissait dans l'église à une autre femme. »

Cette histoire enchantait son auditoire et Mona en modifiait les détails à volonté pour ne pas se lasser. L'église espagnole devenait ainsi parfois une cathédrale française. En d'autres occasions, quand elle se sentait d'humeur bienveillante, il n'y avait pas de suicide et lady Daphne mourait d'une crise cardiaque dans les bras d'un bel écuyer – ou d'une jolie femme de chambre, suivant les préférences de ses hôtes. Ces visages vénérables sur les murs étaient comme un levain pour le pain frais de son imagination, laquelle, elle l'avouait sans la moindre honte, était le plus grand cadeau qu'elle pouvait offrir à ses clients.

Ce jour-là, par pur caprice, elle avait en réserve un récit différent pour Mme Blaylock.

« Oh, c'est la chose la plus triste qui soit, s'exclama celle-ci en reculant pour examiner les traits délicats et le teint rose de la malheureuse lady Daphne. Se faire charger par une vache, quelle horreur !

– Je sais, soupira Mona. C'est affreux.

– Je croyais pourtant qu'il n'y avait que les taureaux qui fonçaient sur les gens.

– Non, non, les vaches aussi peuvent se montrer très agressives. »

Rhonda, qui avait peut-être été élevée dans une ferme, ne paraissant pas complètement convaincue, Mona improvisa la suite : « Et pour couronner le tout, elle était… enceinte à ce moment-là, elle a fait une fausse couche et a perdu beaucoup de sang. » Elle pencha la tête, en une imitation effrontée d'un deuil inconsolable. « Et ce petit garçon était censé devenir le lord du manoir. »

Rhonda fronça les sourcils. « Alors ils savaient déjà que c'était un garçon ? C'était possible à l'époque ? »

La situation commençant à devenir aussi pénible qu'un

contre-interrogatoire, Mona résolut d'opérer un retour express vers la vérité.

« À propos, vous avez remarqué ces coquilles Saint-Jacques tout là-haut ? demanda-t-elle en désignant les sculptures qui ornaient la colonnade. Vous savez ce qu'elles représentent ?

– Quelqu'un aimait la mer ? Ou en avait la nostalgie ? »

Mona sourit. « Bien essayé, mais non. La coquille Saint-Jacques est un ancien symbole du vagin. » Elle déploya les doigts devant son bas-ventre pour illustrer son propos. « *Comme ça*[1]. Vous ne trouvez pas que c'est fascinant ? Il y en a partout dans cette maison. La version féminine d'un symbole phallique. Mon mari me l'a expliqué, la première fois que je suis venue ici, et ça me l'a rendu très attachant. »

Rhonda rougit de nouveau. « Toutes mes condoléances. »

Mona mit quelques secondes à réagir. « Ah, vous parlez de mon mari ? Qui vous l'a dit ?

– Le barman au Black Bear.

– Évidemment. Voilà comment les informations circulent. »

Rhonda semblait mortifiée. « J'espère que ce n'était pas déplacé de…

– Pas du tout. Tout le monde est au courant. Il est mort, il y a cinq ans. Un cancer. »

C'était vrai, mais en partie seulement.

« Cela a dû être très dur pour vous, reprit Rhonda. Je suis absolument désolée. »

Les marques de compassion qui lui étaient adressées pour son veuvage étaient une des rares choses qui embarrassaient

1. En français dans le texte. *(Toutes les notes sont du traducteur.)*

Mona, parce qu'elle savait combien elle les méritait peu. Parfois, dans les recoins obscurs de son âme, alors qu'elle était couchée dans son lit à Easley, elle allait jusqu'à se rendre responsable du décès de son mari.

« La mort, ce n'est jamais facile », murmura-t-elle, espérant mettre un terme à cette conversation.

Sans succès.

« Si je peux me permettre, comment vous étiez-vous rencontrés tous les deux ? demanda Rhonda.

– On a été pris dans un tourbillon, répondit Mona en se réfugiant derrière un cliché. Je vivais à Seattle à l'époque, nous nous sommes écrit pendant un moment, et finalement, il m'a invitée à venir. On s'est mariés dans la petite chapelle que vous avez dû remarquer en arrivant. »

Rhonda posa sa main sur son cœur. « Il vous a invitée à venir ? Quelle expression romantique ! Il vous a invitée à venir ! »

C'est ça, songea Mona. *Et sacrément plus jolie que « il m'a choisie comme épouse sur catalogue et il s'est fait livrer ».*

3

La galerie des ménestrels

Durant son enfance, Wilfred n'avait jamais eu d'espace à lui, alors il se rattrapait à Easley. Il adorait vivre dans une maison si vaste qu'il y avait toujours un nouveau recoin où se cacher, un cagibi secret qui attendait qu'il le colonise. On le trouvait parfois recroquevillé sur la banquette de fenêtre dans la grande salle, où une adolescente prénommée Lucinda avait laissé des inscriptions sur le verre bullé jaune en 1723. Ou bien au grenier, où le squelette des poutres sombres lui donnait l'impression d'être Jonas dans le ventre de la baleine. Ou encore dans la folie sur la colline, où il gardait un fauteuil pliant en aluminium et une petite provision de cannabis pour égayer ses après-midi d'été.

Sa cachette favorite, et de loin, était la galerie des ménestrels au-dessus de la grande salle, là où, autrefois, des musiciens jouaient pour les invités en contrebas. Aujourd'hui, ce n'était plus qu'un lieu de stockage parmi d'autres, encombré de vieux matelas et de meubles hors d'usage qu'on conservait pour leur valeur patrimoniale. Wilfred avait tiré un des matelas jusqu'au bord de la galerie, sur lequel il pouvait s'étendre, dissimulé par un rideau à mi-hauteur, et écouter les conversations des clients qui dînaient. Il adorait les espionner depuis son perchoir, tel un faucon crécerelle indiscret.

Il y était monté ce soir-là pour recueillir un avis honnête sur son ragoût d'agneau. Quand Mo l'apporta, avec son accompagnement de légumes rôtis, et qu'elle souleva le couvercle de l'élégante cocotte italienne, il entendit les murmures admiratifs du couple Blaylock, mais il savait qu'il ne fallait pas s'y fier tant que Mo ne serait pas repartie dans la cuisine. En sa présence, les clients avaient tendance à s'extasier.

« Absolument délicieux, s'exclama Mme Blaylock alors que Mona les avait quittés depuis quelques minutes. Un vrai repas anglais préparé à la maison.

– Mmm, fit son mari, apparemment d'accord.

– Je suis sûre que c'est bien meilleur que ce qu'on nous aurait servi au Dorchester… ou même à la cafétéria du Sénat.

– Oh, laisse tomber, Rhonda !

– Comme tu veux… Mais c'est exactement ce que tu devrais faire. Oublier tout ça. Excuse-moi, Ernie, mais je ne le trouve pas du tout sympathique.

– C'est un grand patriote américain !

– Sans doute, mais il ne traite pas les gens très gentiment.

– Tu ne sais pas de quoi tu parles !

– Je sais comment il s'est conduit avec toi. Et je sais aussi ce qu'il dit de ces malheureux qui ne parviennent pas à s'en sortir.

– Quels malheureux ?

– Allons, Ernie. Je parle de ces jeunes hommes qui meurent par centaines.

– Tu oses me comparer à ces putains de pervers ! » hurla-t-il.

Un bruit fracassant retentit, comme si l'élégante cocotte italienne s'était écrasée sur le plancher.

Mme Blaylock chuchota d'un ton pressant : « Pour l'amour du ciel, Ernie. Nous ne sommes pas chez nous. Il va falloir que tu apprennes à contrôler tes…

– T'avise pas de me dire ce que j'ai à faire. Si tu me manques de respect encore une fois, je te jure que… »

Il s'interrompit parce que Mo venait de réapparaître.

« Nous avons eu un petit accident ? » Elle s'appliquait manifestement à se montrer enjouée.

« J'en ai bien peur, répondit Mme Blaylock. Je voulais resservir mon mari et…

– Pas de problème, Rhonda. Ne vous donnez pas la peine de ramasser. Il reste encore plein de ragoût en cuisine.

– Ernie, tu en veux davantage ?

– Non. Je pense qu'il est temps d'aller retrouver notre lit.

– Nous vous avons préparé un pudding délicieux, insista doucement Mo.

– Je crois que nous avons terminé, dit Rhonda. J'espère que ça ne vous contrarie pas.

– Bien sûr que non », la rassura Mo.

Il y eut un bruit de chaises raclant le plancher quand les Blaylock se levèrent de table.

Wilfred descendit discrètement de la galerie et se précipita dans la cuisine. Mona était occupée à mettre des fragments de terre cuite à la poubelle. Elle leva vers lui un regard las et résigné.

« Décidément, il y a eu pas mal de maladresse avec la vaisselle, aujourd'hui.

– C'était pas de la maladresse, répondit Wilfred.

– Quoi ?

– Ils se sont bagarrés. Je crois qu'il lui a balancé la cocotte dessus.

– Quoi ?! Et comment tu sais que… » Elle ne finit pas sa phrase parce qu'elle connaissait la réponse. « Tu t'étais encore planqué dans la galerie ? »

Wilfred le reconnut avec un haussement d'épaules.

« Je trouve ça un peu fou, Wilfred.

– Pas plus fou que ce mec.

– Franchement… il a jeté cette grosse cocotte sur sa femme ?

– J'ai connu pire. Un jour, mon père m'a balancé sa boîte à outils sur la tête.

– C'est vrai que ton père était un connard patenté.

– Tu es certaine que celui-là vaut mieux que lui ? »

Mo réfléchit quelques instants. « Il semble avoir ses humeurs, c'est vrai, mais… Ils se disputaient à propos de quoi ?

– Difficile à dire. Ils parlaient de quelqu'un qu'ils connaissent tous les deux et qu'elle a pas l'air d'apprécier. Ensuite il a hurlé quelque chose sur des pervers, juste avant que la cocotte atterrisse par terre.

– Des pervers ?

– Ouais. Il a dit qu'elle le comparait à des putains de pervers. »

Mo s'approcha de l'évier pour se laver énergiquement les mains, avant de les sécher avec un torchon. « Ça démontre clairement qu'on ne devrait pas espionner nos clients. On n'a pas besoin de savoir ce genre de choses, Wilfred, et on ne peut pas se permettre de rembourser encore des gens. Pas question de renouveler l'expérience de M. Gay Le Caire ! »

C'était le surnom affectueux qu'elle avait donné à son plan cul égyptien d'un soir.

« C'est pas juste, Mo ! Je fais du mieux que je peux. Je suis monté dans la galerie simplement pour savoir ce qu'ils pensaient de mon ragoût. C'est quand même pas ma faute si...

– C'est ta faute si tu espionnes, bon Dieu ! Tu vas nous mettre sur la paille, Wilfred, si tu continues comme ça. Plus personne ne voudra venir ici, on sera complètement fauchés et on sera obligés de vendre Easley à Fabia Dane. »

Mo menaçait toujours de vendre le manoir à Fabia Dane, une garce prétentieuse et tory par-dessus le marché, dont le mari avait fait fortune en créant une marque de chips au vinaigre à son nom. Fabia rêvait depuis toujours d'être la châtelaine d'Easley, mais Mo avait refusé ses offres, du plus loin que se souvienne Wilfred. Elle ne voulait même pas toucher aux chips Dane quand ils allaient au pub.

« Ça risque pas, dit-il avec un sourire en coin.

– N'en sois pas si sûr. » Elle lui lança un regard sévère mais fut vite submergée par une vague de tendresse, et elle posa gentiment une main sur sa joue. « Sois juste un peu plus prudent, mon chéri.

– Tu veux que je leur monte la bassinoire ? »

Mo réfléchit quelques secondes. « Non. Laissons-les tranquilles, ce soir. Les choses avaient l'air plutôt tendues entre eux. »

Wilfred se sentit soulagé. « Alors, tu l'as remarqué aussi ?

– Eh bien... je ne pense pas qu'il ait jeté la cocotte sur sa femme, si c'est ce que tu veux dire. »

Wilfred lava la vaisselle, puis rangea les restes du ragoût et le dessert intact dans le frigo. Après quoi, s'étant rendu compte qu'il était encore temps de regarder *Ab Fab* à la télé, il se dépêcha de rejoindre sa chambre. En passant devant celle des Blaylock, il remarqua le rai de lumière sous la porte et s'arrêta un instant pour tendre l'oreille. Personne ne parlait, mais il perçut un léger bruit de – quoi ? de gémissement ? En tout cas, c'était un son triste, pareil à la plainte d'un animal blessé.

Il s'approcha pour mieux entendre.

La porte s'ouvrit d'un coup et le fit bondir en arrière. M. Blaylock se tenait dans l'embrasure, en chemise de nuit, et il le fixait avec colère. « Je peux vous aider, mon garçon ?

– Non… désolé de vous avoir dérangés. J'avais promis une bassinoire à Mme Blaylock.

– On n'en a plus besoin. On est déjà couchés. »

Wilfred recula d'un pas. « OK, m'sieur. »

Et il se hâta de regagner son repaire au bout du couloir. Quelque chose de vraiment pas net se passait dans cette chambre, mais il savait qu'il ne devait pas en parler à Mona. Elle l'accuserait de nouveau de fourrer son nez partout.

Il s'affala sur son lit et alluma la télé. Patsy et Edina réussirent à l'égayer un peu lorsqu'elles se partagèrent une bouteille de vodka que Patsy avait cachée sous le lavabo de la salle de bains.

Après *Ab Fab,* il éteignit la télé et se tourna vers son autre source de réconfort : la boîte où il gardait les lettres que son ami Michael lui avait envoyées au fil des dix dernières années. Il y en avait trente-deux en tout. Michael lui avait proposé qu'ils s'écrivent quand il était reparti en Californie en 1983. Ils s'étaient raconté leur vie, lettre après lettre : la joie de Wilfred quand Mona l'avait adopté, la panique de Michael en apprenant qu'il était séropositif, puis son bonheur d'avoir un nouveau petit ami, Thack, rencontré lors d'une visite touristique à Alcatraz. Cette révélation avait beaucoup affecté Wilfred d'abord, parce qu'il caressait toujours l'espoir que les deux semaines de son aventure chaste avec Michael s'épanouiraient un jour en quelque chose de plus important. Mais avec le temps, il s'était détaché de cette passion adolescente. Les mots de Michael sur ce fin papier bleu ciel comptaient désormais davantage pour lui que n'importe quelle amourette qu'il avait vécue. Voilà pourquoi il conservait ces lettres dans un ancien tronc en argent qu'il avait déniché dans la chapelle d'Easley. Il y tenait comme à la prunelle de ses yeux.

Il ouvrit la boîte et en sortit la lettre la plus récente. Poppy Gallagher la lui avait portée directement de la poste lorsqu'elle était venue déposer les marque-places. Elle savait toute l'importance que ces aérogrammes de San Francisco revêtait pour lui. Il avait attendu le moment de se coucher pour en découvrir le contenu.

Il l'ouvrit et se mit à lire.

Mon cher Wilfred,

Ça me fait plaisir de t'imaginer en train de lire cette lettre, parce que j'ai passé une semaine pourrie et que j'ai besoin de mettre des mots dessus. Mon meilleur ami, Steve, vient de mourir. Il vivait dans un centre d'accueil zen au Castro, et la semaine dernière encore, j'y étais allé pour qu'on regarde ensemble un film avec Bette Midler. On avait déjà débarrassé sa chambre quand je suis arrivé ce matin, parce qu'ils avaient besoin de place pour d'autres mourants. C'était un type vraiment extraordinaire. Tu te souviens peut-être qu'on avait fait la Grande Course de Tricycles ensemble. Le personnel avait gardé pour moi sa peluche de Super Souris, et j'ai éclaté en sanglots. Il aurait eu quarante ans dans deux semaines.

Les rues du Castro m'ont paru peuplées de fantômes, aujourd'hui. Des squelettes ambulants couverts de lésions violacées. J'ai eu du mal à ne pas les voir comme de futures versions de moi-même. Pourtant, moi ça va plutôt bien, même si mes T4 chutent peu à peu comme une fille perdue. Jusque-là Thack m'apportait un certain réconfort, mais il est bizarrement distant depuis quelque temps. Parfois je me dis qu'il reste avec moi seulement par crainte de ce que les autres penseraient de lui s'il me plaquait.

Mais venons-en à la raison pour laquelle je t'écris : qu'est-ce que tu dirais si je venais passer quelques semaines à Easley ?

Je vais en parler à Mona, bien sûr, mais je voulais d'abord te consulter parce que tu vis peut-être maintenant avec ce fils de pasteur tellement sexy. Et puis je sais que vous avez aussi des hôtes payants à présent, alors ça pourrait poser un problème. Dis-moi honnêtement ce que tu en penses. J'adorerais passer du temps avec vous deux.

Bien tendrement,

MICHAEL

Lorsqu'il rangea la lettre dans la boîte, Wilfred avait le cerveau en ébullition. La dernière fois où il avait vu Michael, c'était il y a au moins cinq ans, quand il avait accompagné Thack à Londres, venu en voyage d'affaires dans le cadre de son travail sur la protection de l'environnement. Ils s'étaient retrouvés dans un restaurant indien à Earl's Court et avaient bu quelques verres ensuite à l'Harpoon Louis. Ils auraient aussi bien pu aller au Colehern tout proche, où Michael et Wilfred s'étaient rencontrés par une nuit pluvieuse, cinq ans plus tôt, mais ça aurait été un peu bizarre – et même légèrement égoïste de leur part – en présence de Thack. Cette soirée avait été agréable, mais étrangement guindée, et par la suite, Wilfred et Michael avaient choisi d'en revenir à l'intimité de leur correspondance.

Et aujourd'hui, cette proposition !

Wilfred se cala contre les coussins de son lit de sultan et commença à échafauder des plans. On approchait du solstice d'été, ce serait un moment parfait pour la visite de Michael. Il y aurait des feux de joie et des mâts enrubannés au village, et Mona ne manquerait pas de « lâcher la païenne qui sommeillait en elle », comme elle aimait à le dire. De plus, il ferait beau à cette période-là. La maison aurait arrêté de goutter.

Il s'endormit, alors que des bourrasques de pluie s'abattaient sur ses fenêtres, et rêva d'une belle journée d'été et du rire de son vieil ami qu'il connaissait si bien.

4

Le correcteur vert de Rhonda

Rhonda se réveilla en sursaut quand Ernie lui secoua l'épaule. Il avait déjà enfilé son costume gris anthracite et il se tenait près du lit.

« Arrange-toi un peu. Le petit déjeuner va être servi dans la grande salle d'ici une heure. Je descends avec mon livre dans la bibliothèque. »

Voyant qu'elle ne réagissait pas, il lui tapota l'épaule et reprit plus gentiment : « Il fait un temps magnifique, chérie. On pourra aller se promener après le petit déjeuner. »

Chérie. Elle se rappela avoir aimé le son de ce mot et les intentions qu'il avait lorsqu'il l'utilisait. Aujourd'hui, ce n'était plus qu'une façon de limiter les dégâts.

Elle attendit qu'il soit sorti de la chambre pour s'approcher de la coiffeuse et voir ce qu'il avait voulu dire par « Arrange-toi un peu ». L'état de son visage n'aurait pas dû l'étonner, mais il la surprit tout de même. Sa joue, rose et légèrement enflée au moment où elle avait pris son somnifère avant de se coucher, était maintenant d'un rouge carmin qui virait au violet. Au moins cette fois, il ne l'avait pas balafrée.

Elle fouilla sa trousse de toilette à la recherche du correcteur vert qu'elle avait acheté chez Harrods pendant qu'Ernie allait chercher du cognac au rayon alimentation. Elle s'en appliqua par petites touches précautionneuses, ce qui ne l'empêcha pas de grimacer un peu. Le vert, elle le savait, neutraliserait le rouge avant qu'elle ajoute une couche de fond de teint.

Elle se demanda si lady Roughton serait présente au petit déjeuner et pria le ciel pour que ce soit un buffet en libre service. Elle avait songé à demander qu'on leur monte un plateau, mais Ernie avait éliminé cette possibilité en disparaissant de leur chambre. Elle allait devoir une fois de plus affronter seule les regards des autres, en espérant que le correcteur ait agi et que ses cheveux lâchés parviennent à cacher sa joue enflée. Elle détestait la mine horrifiée et compatissante que prenaient ses amies lorsqu'elles se rendaient compte que quelque chose clochait. Elle aurait voulu leur dire que c'était moins grave qu'il y paraissait, qu'Ernie, Dieu lui pardonne, perdait un peu la boule de temps à autre.

Contre toute attente, son cœur bondit de joie quand elle entra dans la grande salle. Le soleil – le vrai, cette fois – éclaboussait toute la pièce à travers les vitraux dorés. Elle comprit que ce n'était pas un mirage parce que, par les autres fenêtres, celles aux vitres transparentes, elle aperçut le ciel bleu et les arbres au feuillage d'un vert éclatant – autant de preuves qu'une magnifique journée de printemps s'annonçait. Ernie était déjà assis à la grande table. Wilfred lui servait des pancakes disposés sur un plat en argent.

« Ah la voilà, s'écria Ernie en levant les yeux. Viens nous rejoindre, chérie, sinon je vais dévorer tous ces satanés trucs. Ce jeune homme prépare les meilleurs pancakes que tu aies jamais mangés ! »

Elle prit place en face de son mari.

« Je peux en faire d'autres, proposa Wilfred. J'en ai pour une seconde.

– Non, non, répondit-elle. Il y en a largement assez, j'en suis sûre.

– Goûte-moi un peu ce miel, dit Ernie en poussant un pot vers elle. C'est eux qui le récoltent, ils ont leurs propres ruches.

– Ce n'est pas de refus », dit-elle, surtout pour faire plaisir à Wilfred.

Ernie se montrait toujours aimable comme ça après, pendant au moins une journée. Cela lui rappelait leur lune de miel, quand il était si gentil avec elle et absolument charmant avec les autres. Il ne lui venait même pas à l'idée de s'excuser, mais il était passé maître dans l'art de faire comme si rien n'était arrivé. Et elle, de son côté, avait appris à interpréter son attitude comme un témoignage de remords sincère. C'était à peu près tout ce qu'il lui restait de son amour pour cet homme.

Lady Roughton jaillit alors de la cuisine avec un plat d'œufs brouillés et de saucisses. Elle portait un jean et une chemise de cow-boy en satin rose avec des pressions en nacre. Elle lui fit penser à Joan Crawford, dans un western bizarre qu'elle avait vu quand elle était adolescente. *Johnny Quelque chose*... ?

La dame du manoir était de belle humeur, ce matin. « Écoutez, les amis, il fait un temps radieux, l'oiseau prend son envol et le maïs est mûr. » Elle écarta une boucle rousse de ses yeux, puis déposa une pleine cuillerée d'œufs brouillés dans l'assiette d'Ernie.

« Vous faites aussi pousser du maïs ? demanda aimablement Ernie.

– C'est une chanson, Ernie. »

Rhonda se demanda s'il allait y voir une rebuffade, mais la remarque glissa comme l'eau sur les plumes d'un canard. La lune de miel était bel et bien d'actualité.

« Rien qu'une plaisanterie stupide de ma part », ajouta lady Roughton, s'efforçant à sa façon d'arrondir les angles. Rhonda appréciait cette qualité chez leur hôtesse. Elle pouvait se montrer un peu brusque, mais elle restait toujours gentille.

« Dites-moi un peu, reprit Ernie. Quel est le plus bel endroit pour une petite balade, par ici ? J'aimerais emmener la mariée faire un tour sur le domaine. »

Il l'appelait toujours « la mariée » après lui avoir tapé dessus.

« Eh bien, répondit lady Roughton en tirant une chaise pour s'asseoir face à eux, moi j'ai une faiblesse pour notre folie, mais la pente est un peu raide et le chemin risque d'être encore boueux après toute cette pluie. Il y a un joli bois plein de jacinthes sauvages juste derrière la grange, et vous pourriez emmener celle-ci faire un tour.

« Celle-ci » faisait référence à la grosse chienne jaune qui venait de les rejoindre.

« Nilla ! » s'exclama Rhonda comme si c'était une vieille amie. La chienne fit le tour de la table pour lui témoigner son affection. L'instinct de Rhonda la poussa à se pencher pour la caresser : grave erreur parce que Nilla prit cela pour une invitation à sauter sur le bras du fauteuil et à lui lécher le visage de son énorme langue. « Oh mon Dieu ! fit Rhonda en repoussant l'assaut.

– Elle n'a pas de manières, s'excusa lady Roughton. Si elle pense que quelqu'un a besoin d'une grosse bise, elle se colle à la tâche.

– Effectivement », réussit à balbutier Rhonda. Elle tentait de paraître amusée, alors qu'elle s'inquiétait de savoir si le correcteur était aussi résistant à l'eau que l'affirmait la publicité, et si sa joue n'offrait pas maintenant le spectacle de sa honte en Technicolor. Elle scruta le visage de lady Roughton à la recherche d'une réponse, mais elle n'y lut aucune pitié, aucun dégoût. Elle ne regarda pas Ernie qui était déjà en train de chahuter avec Nilla et qui, de toute façon, aurait fait semblant de n'avoir rien remarqué.

C'est seulement plus tard, quand, de retour dans la chambre, elle examina son visage dans le miroir de la coiffeuse, qu'elle se demanda si Nilla avait été attirée par l'odeur appétissante de son maquillage. Ou si son instinct animal lui avait fait deviner que Rhonda avait une blessure en mal d'être léchée. En tout cas, elle fut soulagée de constater que son correcteur vert avait tenu le coup.

Elle était prête pour cette promenade dans le bois aux jacinthes sauvages.

5

Traumatisée

Wilfred taillait ses plants de cannabis dans la serre, quand Mona finit par le trouver. Elle se réjouissait que les Blaylock soient partis en promenade dans le bois au lieu de la suivre jusque-là et de poser des questions. Certains de ses clients seraient assurément impressionnés par ces plantations, mais quelque chose lui disait que les Blaylock ne seraient pas de ceux-là. Beaucoup de gens du coin savaient que Mona faisait pousser de l'herbe, et d'une qualité supérieure qui plus est, mais en général, elle préférait que ses hôtes payants l'ignorent. Elle avait eu suffisamment de mal à en parler à M. Hargis lorsqu'elle avait résolu d'en cultiver. Il avait fini par accepter l'idée et s'était lui-même attribué le titre de Gardien de la serre en jurant solennellement que le vieux gitan n'y mettrait jamais les pieds.

« Ah, tu es là », dit Mona, et Wilfred interrompit son jardinage. « Je voulais te demander quelque chose.

– Vas-y.

– Tu as reçu une lettre de Michael ? »

Il posa son plantoir et mit la main sur sa hanche. « Tu le sais très bien parce que ta petite poupée me l'a apportée en personne.

– Je t'interdis d'appeler Poppy ma petite poupée. »

Mona souriait malgré elle. Wilfred avait le don d'aller droit au but.

« Alors, il faut dire “ta compagne” maintenant ?

– Rien de tout ça. Poppy est ma calligraphe. »

Wilfred éclata de rire. « Eh bien, il va falloir que tu te mettes à la payer si tu veux qu'on croie à ce mensonge.

– Tu te trompes complètement, mon garçon. Et tu ne sais rien de l'amour dès qu'il est question de femmes. Bon, qu'est-ce qu'il te disait ?

– Qui ça ?

– Michael. Dans sa lettre.

– Oh... il était déprimé parce que son meilleur pote venait de mourir. »

Son estomac se nouait toujours dès qu'elle apprenait une nouvelle de ce genre.

« Je crois pas que tu le connaissais. Ils étaient pas amis depuis longtemps. Ils chantaient ensemble à la chorale. Tu te rappelles le type qui avait fait la Grande Course de Tricycles avec lui ?

– Oh oui. » Elle avait honte de se sentir soulagée de n'avoir pas bien connu le disparu. Elle s'attendait toujours au pire depuis que Michael l'avait pourchassée jusqu'à Easley pour lui annoncer que Jon Fielding était mort. Cette nouvelle, surgie du néant, l'avait complètement assommée parce qu'elle ne savait même pas qu'il était malade, mais il allait bientôt n'être qu'un ami parmi tant d'autres terrassés par la pandémie. Cinq ou six de San Francisco, de vieux copains de boîte de nuit pour l'essentiel, et son prof de yoga à Seattle, la dernière ville où elle avait habité avant de quitter la scène américaine pour l'Angleterre.

Et puis bien sûr, il y avait eu Teddy – lord Edward Roughton –, l'homme qu'elle avait épousé pour lui permettre de réaliser son rêve de liberté sexuelle à San Francisco. Tout avait été arrangé par une agence matrimoniale anglaise de Seattle. Elle lui avait joyeusement accordé sa main, et la green card qui allait avec, parce qu'elle savait d'expérience quel bonheur c'était de pouvoir être soi-même à San Francisco.

Sauf si, évidemment. Sauf si.

Teddy avait contracté le sida, quatre ans après son arrivée dans la ville, et il était mort douze mois plus tard. Ils n'avaient pas du tout entretenu de correspondance, étant donné qu'ils n'avaient jamais vraiment été amis, mais il lui avait envoyé un Polaroid de remerciement quand il était encore en bonne santé. Il posait, assis dans un bar, vêtu de cuir noir de pied en cap, et il levait vers elle un cocktail dans lequel était fiché un énorme parapluie. Il avait l'air d'un parfait abruti, mais indubitablement heureux, et c'était déjà ça. Elle avait punaisé la photo au-dessus de son bureau et l'avait laissée là jusqu'à ce qu'elle vire au gris sale, qui lui rappelait trop souvent à quoi devait ressembler le teint de Teddy quand il avait rendu l'âme.

C'était pour elle une grande souffrance de perdre sans arrêt des amis alors qu'elle était loin d'eux, mais Easley était sa maison à présent, son « chez-elle pour toujours », pour reprendre l'expression qu'avait utilisée Ollie Bunting en lui demandant d'adopter sa chère Nilla. Ollie, un traiteur qui vivait à Bourton-on-the-Water, était la première personne qu'elle connaissait dans les environs à avoir été frappée par le sida, même si beaucoup d'autres allaient certainement connaître le même sort. Les Cotswolds étaient trop pittoresques pour que des garçons gays n'y élisent pas domicile dans le moindre recoin.

Quand Ollie s'était réservé une chambre où mourir au London Lighthouse, il s'était rendu compte que Nilla ne pourrait pas l'accompagner, et Mona s'était engagée à accueillir la chienne « chez elle pour toujours », ce qu'elle n'avait jamais promis à aucun être humain. Un beau jour, obéissant à une inspiration soudaine, alors que la fin d'Ollie approchait, elle avait chargé Miss Vanilla Wafer dans sa Toyota et roulé deux heures pour l'emmener le voir dans le centre de soins palliatifs, à Londres. Assister aux retrouvailles enthousiastes de cette chienne avec son maître désormais aveugle et couvert de lésions l'avait complètement bouleversée. Mais il fallait absolument organiser de telles dernières visites, ne serait-ce que pour donner du courage à ceux qui vivaient encore.

Wilfred avait vu le nuage assombrir le visage de Mona.

« Qu'est-ce que tu as, Mo ?

– Est-ce que Michael a proposé de venir nous rendre visite ?

– Oui ! Il t'a écrit aussi, alors ? Génial, non ? »

Elle ne parvenait pas à se réjouir aussi vite. « Il va toujours bien, hein ? »

Wilfred haussa les épaules. « Apparemment oui. À part quelques problèmes avec Thack. »

Elle était au courant. Lors de leur dernière conversation téléphonique, Michael lui avait longuement expliqué que son petit ami était de plus en plus distant.

« Je craignais seulement qu'il vienne… tu vois… pour nous dire adieu.

– Oh Mo ! » Wilfred eut un sourire triste et souleva gentiment une de ses boucles rousses. « Toujours à te faire de la bile pour rien.

– Je sais, soupira-t-elle, parce qu'elle ne pouvait pas nier que c'était le cas.

– Il a seulement envie d'être avec ses amis. Et ses amis, c'est nous. »

À ces mots, les images des premiers temps passés avec Michael se mirent à défiler dans sa tête, comme un vieux film d'actualités. Michael qui s'était fait jeter par ce recruteur de marines et s'était installé avec elle au 28, Barbary Lane. Michael qui refusait de retirer son maillot sur la plage naturiste parce qu'il voulait qu'on voie la marque de son bronzage quand il allait draguer aux bains-douches. Michael qui avait pleuré dans ses bras à un concours de danse en petite tenue parce que Jon Fielding, dégoûté par tant d'exhibitionnisme, l'avait planté là. Michael au temps où elle l'appelait Mouse.

« On l'invite quand ? demanda-t-elle, toute inquiétude à présent envolée.

– Je pensais à la période du solstice d'été.

– Parfait ! Le toit ne fuira plus à ce moment-là. »

Il éclata de rire. « On pense vraiment à la même chose en même temps.

– C'est génial, Wilfred !

– La dame blanche a fini par comprendre, je vois.

– Il t'a semblé en bonne santé, hein ? Il t'a envoyé des photos ?

– Ton cas est désespéré, Mo.

– La vérité, c'est que je suis traumatisée. Les garçons tombent comme des mouches autour de moi. Réponds à ma question, putain !

– Oui, j'ai vu des photos. Et oui, je serais toujours prêt à me le faire. »

Elle lui décocha son regard le plus sévère. « Je n'ai pas l'impression de t'avoir posé cette question-là. »

Il enfonça son plantoir dans un pot et lui adressa un sourire torve : « Mais ce que je t'ai dit devrait te rassurer, non ? »

6

Les jacinthes sauvages

Ils étaient contents d'avoir emmené Nilla en promenade. Elle courait devant eux à travers ce tapis de fleurs surnaturel, et Ernie prenait plaisir à chacun de ses caprices.

« Tu as vu comme elle y va ! Elle sait ce qu'elle fait, cette petite ! Je parie qu'elle connaît toutes les bêtes de ces bois et où sont leurs terriers. Bon Dieu, elle m'épate ! Regarde un peu cette merveille ! »

Comme toujours, Ernie était on ne peut plus attendrissant quand il parlait d'un chien, même si, à ce moment précis, Rhonda savait qu'il ne le faisait que pour éviter une conversation avec elle.

« Et toi, admire un peu ces jacinthes sauvages, dit-elle, dans l'espoir de le faire changer de sujet. En réalité, elles ne sont pas bleues du tout, elles sont violettes, et on dirait presque qu'elles luisent sous les arbres. Elles sont… comment dit-on déjà ?… iridescentes.

– C'est tout à fait le mot qui convient », répondit Ernie, et il s'arrêta pour lui prendre la main, ce qui surprit Rhonda. « Ça ne te rappelle pas nos visites à Orton ? »

Orton était une demeure de planteurs à colonnade blanche ouverte au public en Caroline du Nord. Les Blaylock s'y rendaient chaque année pour admirer les azalées, certes magnifiques mais jamais de la couleur des jacinthes sauvages, et jamais aussi délicatement odorantes, évidemment. N'empêche, Ernie utilisait les fleurs pour lancer la conversation et c'était déjà quelque chose. Il avait encore un cœur, au fond de sa poitrine.

Il serra la main de Rhonda. « On s'est fait de beaux souvenirs, tu ne crois pas ?

– C'est vrai, répondit-elle posément.

– Et j'espère que tu sais combien tu comptes pour moi et les gosses. »

Il ramenait toujours les enfants sur le tapis durant leurs lunes de miel, alors qu'aujourd'hui ils étaient adultes et vivaient avec leur propre famille dans d'autres villes. Il s'appuyait toujours sur eux quand elle menaçait de le quitter.

Elle lâcha sa main. « J'ai besoin de t'entendre me dire que tu regrettes, Ernie. J'ai besoin que tu me le dises.

– Oh, tu ne vas pas recommencer !

– Alors toi non plus, ne t'avise pas de recommencer !

– Pour l'amour de Dieu, Rhonda. Tu crois que ça me fait plaisir ? Tu crois que j'aime te voir dans cet état ? »

Elle porta vivement la main à son visage. « Tu veux dire que ça se voit ?

– Non. Pas du tout. Tu es parfaite, chérie. Tu es toujours ma belle mariée. »

Ils marchèrent en silence, jusqu'à trouver un banc où s'asseoir. Ils étaient littéralement encerclés par les jacinthes sauvages.

« Tu sais, reprit Ernie au bout d'un moment. On pourrait éviter que cette situation se reproduise si tu ne faisais pas tout pour me pousser à bout. Tu me connais. Si tu n'avais pas insisté pour reparler de Jesse...

– J'essayais de te consoler, Ernie.

– Eh bien, tu as raté ton coup, pas vrai ? » Il gardait son calme mais la fixait droit dans les yeux. « Tu m'as délibérément provoqué. Tu adores ça.

– Ernie, j'essaye toujours d'arranger les choses quand c'est possible, c'est instinctif. Je suis ta femme. Je voulais simplement comprendre ce qui t'avait réellement blessé. » Elle hésita une seconde, puis se jeta à l'eau. « Il n'est pas seulement question d'une invitation à la cafétéria du Sénat, n'est-ce pas ?

– Qu'est-ce que tu veux dire ?

– Jesse et toi, vous avez rompu ?

– Rompu ?!

– En tant qu'amis, je veux dire. Ou collègues, appelle ça comme tu voudras. Vous passiez votre temps à vous quereller au téléphone. »

Il se redressa. « On ne s'est pas disputés. Nous avions parfois des différends. Les hommes ne se disputent pas. On avait une putain de campagne électorale à mener, tu comprends ?

– OK... Alors, quand lui as-tu parlé pour la dernière fois ?

– Comment veux-tu que je le sache ?

– C'était ton ami, Ernie, et il ne l'est plus apparemment. Quand était-ce ? Que s'est-il passé ?

– Je te dis que je n'en sais rien, bon Dieu ! »

Elle réfléchit un instant. « Donc, c'est lui le responsable, pas toi ?

C'était plus une affirmation qu'une question, et Ernie la laissa sans réponse.

« Je ne sais pas grand-chose des amitiés entre hommes, reprit-elle, mais je sais très bien que vous pouvez vous sentir aussi facilement rejetés que…

– Rejeté, moi ? Par Jesse ? » Il s'adossa au banc et éclata de rire. « Encore une de ces conneries à la Oprah Winfrey, hein ? Combien de temps tu vas laisser cette bonne femme te bourrer le mou ? »

Après une pause, elle reprit : « Je veux dire que je peux parfaitement comprendre que tu te sentes blessé. Tu as travaillé tellement dur pour Jesse, c'est normal que son éloignement te déconcerte. Je souhaite simplement que tu ne te sentes pas visé personnellement. »

Le silence s'installa tandis qu'Ernie gardait les yeux rivés au sol.

« Lâche l'affaire, finit-il par répondre.

– Je pense seulement que…

– Tu m'as bien entendu, Rhonda ? » asséna-t-il.

La discussion était close, elle se tourna alors vers un sujet plus serein : les fleurs.

« On m'a raconté que ces jacinthes sauvages ne poussent que dans les forêts les plus anciennes, tu le savais ? Elles ont une ascendance, ces fleurs.

– Qui t'a dit ça ?

– Eh bien… lady Roughton.

– Je ne crois pas un mot de ce que raconte cette piquée, grommela-t-il.

– Tu n'es pas juste avec elle, Ernie. C'est un esprit libre, voilà tout.

– Elle a traité cette chienne de lesbienne. » Nilla s'était

approchée pour quémander quelques caresses. « Tu l'as entendue dire ça ? Quel sens ça a ?

– C'était une espèce de plaisanterie.

– Plutôt douteuse, si tu veux mon avis. Ça me fait me poser des questions sur cette dame.

– Elle avait un mari, Ernie, et ils étaient très amoureux. »

Elle n'était pas certaine que ce soit vrai, mais elle aurait souhaité que ce le soit. Elle voulait croire que quelqu'un pouvait connaître le grand amour dans ce décor féerique. Elle se demanda ce qu'elle éprouverait, assise sur ce même banc et enivrée par le parfum des jacinthes sauvages, auprès d'un homme qui l'aimerait véritablement. Il était une fois lady Roughton qui avait dû connaître un tel amour, même brièvement…

Ils reprirent le chemin du manoir sans échanger un mot, suivant le même étroit sentier d'écorces de pin qui les avait amenés jusqu'au bois. « Les jacinthes sauvages sont des fleurs délicates, avait expliqué lady Roughton avant leur départ. Après avoir été piétinées, elles mettent très longtemps à se relever. »

Elles ne sont pas les seules, songea Rhonda.

Alors qu'ils approchaient de la grange, un vieil homme coiffé d'une casquette en tweed sortit de l'ombre pour les saluer.

« Le meilleur moment de la matinée, dit-il en touchant sa visière. Je suis sûr que les jacinthes sauvages vous ont plu.

– Oh oui, elles sont ravissantes, répondit Rhonda.

– Très jolies », ajouta Ernie.

Le vieil homme fit encore un pas vers eux. Rhonda remarqua qu'il louchait d'un œil et avait le teint aussi rouge que du corned-beef. « Les gens me demandent toujours ce que j'ai fait pour qu'il y en ait autant, mais c'est seulement l'œuvre de Dieu. Ça va bientôt faire quatre siècles qu'elles poussent dans ces bois. »

Rhonda jeta un bref regard à son mari. *Qu'est-ce que je t'avais dit ?*

« À propos, poursuivit le jardinier, vous n'auriez pas vu un vieux bonhomme traîner dans les parages ? Environ mon âge, avec un anneau dans l'oreille ? »

Ils secouèrent la tête.

« Le teint basané. » Le jardinier se pencha en avant et baissa la voix comme s'il allait leur confier un secret : « Ces gitans sont capables de voler votre terre sous votre nez, si vous les laissez faire. »

Ernie fronça les sourcils. « Il y a des gitans par ici ?

– Pas si je les intercepte à temps. Le travail d'un gardien, c'est de défendre le domaine contre les envahisseurs étrangers. »

Ernie émit un gloussement admiratif. « Vous êtes un brave homme. »

Rhonda demanda depuis combien de temps il occupait cette fonction à Easley.

« Oh, j'ai commencé quand Jésus était encore dans les langes, à ce qui se dit. Ou du moins quand lord Teddy était tout bébé. » Il toucha de nouveau sa visière. « Dites-moi si je peux vous être utile à quoi que ce soit. Je suis responsable de tous les espaces extérieurs. »

Ils le remercièrent, puis reprirent leur chemin.

« C'est un gentil petit vieux », déclara Rhonda.

Ernie approuva d'un hochement de la tête. « La première personne saine d'esprit qu'on ait croisée depuis notre arrivée. C'est le sel de la terre, les hommes comme lui. »

Rhonda se dit que sa remarque sur les envahisseurs étrangers avait dû lui gagner le cœur de son mari.

De retour au manoir, Ernie se retira dans la bibliothèque avec son livre de Tom Clancy, et Rhona décida de se faire couler un nouveau bain. Elle prit garde de ne pas se mouiller la tête pour ne pas devoir retoucher la base verte de son maquillage. Allongée dans la baignoire et humant avec délice le parfum intense des sels de bain à la lavande, elle se rendit compte que son hématome palpitait.

Elle sentait son pouls battre sur son visage.

C'était pire que la dernière fois, comprit-elle, presque aussi sérieux qu'à Noël dernier. Il n'y avait plus à réfléchir, plus de bonnes raisons à invoquer. Une digue avait fini par céder en elle, l'envoyant sur le rivage des décisions à prendre. C'était presque un soulagement.

Elle sortit de la baignoire et se sécha avec une des immenses serviettes de lady Mo. Puis, très précautionneusement, elle appliqua de la cold cream sur son visage pour ôter les deux couches de maquillage. Sous le camouflage vert, de nouvelles nuances de rouge flamboyaient.

Elle enfila un pantalon et un chemisier avant de s'approcher du téléphone posé sur la table de chevet. Elle composa le 0 pour obtenir la ligne interne. Il lui fallut attendre neuf ou dix sonneries avant que quelqu'un ne décroche.

« Easley House.

– Wilfred ?

– Oui, madame Blaylock.

– Est-ce que votre mère est dans les parages ?

– Bien sûr. Elle est en train de préparer le dîner.

– Pourriez-vous lui demander de monter tout de suite dans ma chambre ?

– Certainement.

– Et vous assurer que mon mari ne la voie pas ?

– OK. »

Il n'avait pas un ton très sûr, et donc, elle insista : « C'est un point très important, Wilfred.

– J'ai bien compris, madame Blaylock. »

Elle raccrocha et se mit à faire précipitamment sa valise.

7

Nous, les filles

L'heure du thé était passée depuis longtemps quand Ernie Blaylock émergea de la bibliothèque et se dirigea vers la chambre. Mona entendit son pas pesant dans l'escalier et se demanda combien de temps il lui faudrait avant de faire demi-tour. Moins de deux minutes plus tard, il l'avait débusquée dans la cuisine où elle se penchait, avec un aplomb tranquille, sur une marmite de bouillon de poulet.

« Est-ce que vous auriez vu ma femme, lady Roughton ?

– Non, répondit-elle calmement, sans lever les yeux. Pas depuis que vous êtes partis admirer les jacinthes sauvages.

– Elle n'est pas dans notre chambre. Je ne sais pas où aller la chercher.

– Eh bien, je crois me rappeler qu'elle voulait visiter la folie. Vous savez quoi ? Je suis sûre que Wilfred a dû la croiser lors d'une de ses allées et venues. »

Elle s'approcha de la porte battante et appela Wilfred, qui se tenait prêt dans la grande salle en retenant son souffle.

« Oui, Mo ?

– Tu veux bien venir, s'il te plaît ? »

Il bondit aussitôt dans la cuisine.

« Il semble que M. Blaylock ait égaré sa jolie femme. Je lui ai dit que tu saurais sûrement où la trouver.

– Euh oui… bien sûr. Elle est allée au village. »

Mona leva les mains comme pour dire « Problème résolu ». À la plus grande satisfaction des deux autres, Ernie Blaylock paraissait totalement désorienté.

« Elle a dit qu'elle vous retrouverait plus tard dans le petit salon, ajouta Wilfred. Elle voulait d'abord faire quelques courses, seule. »

Mona prit un air malicieux. « Nous, les filles, on sait ce que ça signifie.

– À quelle distance d'ici est le village ? demanda Blaylock.

– Pas très loin. Un peu moins d'un kilomètre, répondit Wilfred.

– On s'y rend facilement à pied », dit Mona.

Blaylock fronça les sourcils, puis se précipita hors de la cuisine et remonta à l'étage.

Wilfred jeta un regard coupable à Mona. « J'ai foiré ?

– Mais non, mon lapin. Tu as été parfait. »

Blaylock était rouge cramoisi lorsqu'il réapparut quelques minutes plus tard. « J'ai vérifié. Sa valise a disparu ! » Il se tourna vers Wilfred, l'air féroce et franchement effrayant. « Est-ce qu'elle l'avait avec elle quand vous l'avez vue partir ?

– Je… je me rappelle pas, en vérité.

– Pourquoi aurait-elle pris sa valise si elle allait juste au village ? s'interrogea Blaylock.

– Eh bien, tenta d'expliquer Mona, certaines dames aiment avoir leurs effets personnels à portée de main, surtout quand elles se déplacent et que…

– Elle est peut-être partie en taxi, maintenant que j'y pense. Je lui ai parlé de la boutique de souvenirs à Moreton-in-Marsh. »

Wilfred s'efforçait, sans grand succès, de la tirer d'affaire.

« Et pourquoi aurait-elle eu besoin de sa valise à Moreton-Je-ne-sais-quoi ?

– Pour y ranger les souvenirs ? suggéra Wilfred.

– Ou pour prendre le train », gronda Blaylock, menaçant.

Mona et Wilfred échangèrent un regard rapide. Puis Mona consulta sa montre.

« Pourquoi vous avez fait ça ? demanda Blaylock.

– Fait quoi ?

– Regardé l'heure.

– La force de l'habitude, sans doute. Les clients qui retournent à Londres essayent en général d'attraper le train de trois heures. Ce qui ne signifie pas qu'elle l'ait fait, mais...

– Il est quelle heure ?

– Euh, un peu plus de trois heures.

– Elle a pris ce train, hein ? dit Blaylock d'un ton accusateur.

– Je l'ignore complètement. C'est seulement une hypothèse. Vous avez une idée de la raison pour laquelle elle aurait pu vouloir prendre ce train ? »

Blaylock lui lança un regard noir.

« Si vous avez eu une querelle d'amoureux, il y a des chances qu'elle soit partie bouder quelque part. Ça nous arrive parfois, à nous, les filles. »

Mona se rendait compte qu'elle en faisait un peu trop, mais elle s'offrait un bon moment. Ce sale connard était sur le gril.

« Vous ne me prenez pas au sérieux et je dois vous dire

que ça ne me plaît pas du tout, bon sang ! Je suis très inquiet pour ma femme.

– Évidemment », répliqua Mona, le visage impassible.

Wilfred avait de toute évidence du mal à s'empêcher de rire.

« Si vous êtes inquiet à ce point, nous pouvons appeler un excellent policier qui vit tout près d'ici. » Mona fit claquer ses doigts sous le nez de son fils. « Comment s'appelle-t-il déjà, Wilfred ?

– Euh… l'inspecteur Dalgliesh ?

– C'est ça ! » Comme toujours, Wilfred manquait d'imagination, mais elle était presque sûre que ce sale mec n'avait jamais dû ouvrir un roman de P. D. James. « Dalgliesh est le meilleur flic du comté, poursuivit-elle. Je suis certaine qu'il sera prêt à lancer un avis de recherche.

– C'est inutile, grommela Blaylock de plus en plus mal à l'aise.

– Alors que diriez-vous d'une bonne tasse de thé dans la bibliothèque ? Vous pourriez vous détendre en lisant votre Tom Clancy jusqu'au retour de Rhonda avec sa valise pleine de souvenirs des Cotswolds. Inutile de vous affoler comme ça. Je suis persuadée qu'elle va bientôt réapparaître.

– Pas si elle a pris ce train.

– Eh bien dans ce cas, il y en a un autre pour Londres à six heures, et nous pourrons vous conduire à la gare. Je sais que vous avez réglé deux nuits de plus, mais… malheureusement, nous ne pouvons pas vous proposer de vous les rembourser. J'imagine que vous comprenez. »

Sur ce, ils laissèrent Blaylock dans la bibliothèque avec une bouteille de cognac et une montagne de petits canapés, puis ils attendirent que l'après-midi avance. Deux heures plus tard, comme Rhonda n'avait pas réapparu, Wilfred alla informer un Blaylock passablement éméché que sa femme venait de téléphoner de Londres. Mona avait pris l'appel à l'étage.

« Londres, répéta Blaylock.

– Oui, monsieur. La gare de Victoria. Elle a appelé dès qu'elle est arrivée.

– Très délicat de sa part. Et elle a expliqué pourquoi elle a pris ce foutu train ?

– Non, mais elle a dit que vous comprendriez. »

Cela lui cloua le bec. Pour quelque temps.

« Ah, et elle a aussi dit que, si vous voulez connaître ses projets à partir de maintenant, il faudra vous renseigner auprès de sa sœur Cindy, à… Tarboro, c'est ça ? C'est le nom d'un endroit ?

– C'est là que nous habitons, aboya Blaylock.

– Ah, désolé, c'est quand même un joli nom. »

L'ivrogne se cambra comme une vipère prête à mordre : « Te fous pas de ma gueule, avec ton parapluie dans le cul, sale rosbif négrillon ! »

Wilfred répondit par un sourire figé. Et raciste par-dessus le marché !

« Très bien, alors, je vais vous commander un taxi tout de suite, monsieur Blaylock. On ne voudrait surtout pas que vous manquiez le train de six heures. »

Le chauffeur qui le conduisit à la gare était Colin, le même qui les avait amenés à Easley, vingt-quatre heures plus tôt. Quand la voiture s'arrêta dans l'allée, Wilfred et Mona se postèrent devant la porte d'entrée latérale et firent au revoir de la main avec un large sourire, tout en murmurant entre leurs dents :

« Salut, connard.

– *Adiós*, fils de pute. »

Ils échangèrent un regard et éclatèrent de rire.

« Je suis tellement fière de nous, dit Mona.

– Vraiment ?

– On forme une sacrément bonne équipe !

– Et en plus, on a ramassé mille livres en une journée.

– Oui, mais…

– Ça nous a coûté, je sais. » Mona posa la main sur l'épaule de son fils. « Et si on fêtait ça, ce soir ? On pourrait aller pique-niquer à la folie et se fumer un petit joint…

– Tu es une mère selon mon cœur.

– Une garce invivable, voilà ce que je suis, Wilfred. Je suis désolée de t'avoir engueulé à propos de la galerie des ménestrels. Si tu ne t'étais pas planqué là-haut, on n'aurait jamais…

– Oh merde ! s'exclama-t-il, se rappelant soudain ce qu'elle était elle-même en train de se rappeler. Je vais aller lui dire que la voie est libre. »

Il se précipita dans la maison, monta l'escalier et franchit la petite porte qui conduisait à la galerie des ménestrels, où il trouva Rhonda allongée sur le lit d'appoint qu'il avait installé là, quelques heures plus tôt. Elle se releva en l'entendant entrer.

« Il est parti ? » demanda-t-elle.

Wilfred hocha la tête. « Oui, il est parti.

– Vous savez, c’est vraiment très confortable ici. Je me suis sentie comme un coq en pâte tout l’après-midi. Cette cachette est idéale.

– C’est ma préférée », répondit Wilfred.

8

Ça fait du bien par où ça passe

L'abominable père de Mona était devenu une mère parfaite. C'était sa façon habituelle d'expliquer comment l'homme qui l'avait abandonnée quand elle était petite à Minneapolis s'était miraculeusement réincarné en sa logeuse à San Francisco. Les gens avaient l'air de comprendre, même ceux que l'idée d'un changement de sexe mettait mal à l'aise. Andy Ramsey s'était transformé en Anna Madrigal au grand cœur, la mère idéale pour tous ceux qui venaient vivre un temps dans sa vieille maison de Russian Hill. Et Mona, elle, pouvait de surcroît revendiquer un lien de parenté biologique.

Anna avait maintenant soixante-treize ans. Sur les photos récentes, on voyait qu'elle avait cessé de se teindre les cheveux et laissait chatoyer leur gris argent, néanmoins son rouge à lèvres était encore assez rouge pour arrêter la circulation et, apparemment, elle ne semblait pas avoir la moindre envie de renoncer à ses caftans. Mona ne l'avait pas vue depuis des années, mais parfois, à des moments choisis, elles passaient des heures au téléphone. En général, en fin d'après-midi à Easley, c'est-à-dire le matin à San Francisco pendant qu'Anna se préparait du café à Barbary Lane.

« Bonjour, vieille dame chérie.

– Mona ! Comment va la vie de château ?

– Ce n'est pas un château, je te l'ai dit des quantités de fois.

– Mais j'ai vu des photos, ma belle. Inutile de me mentir. »

Mona se contenta de glousser. « Et comment va la vie dans *ton* château ?

– Eh bien, tout est pareil et différent à la fois. Jorge, le malheureux garçon, a écrit à Clinton pour qu'on ne le reconduise pas à la frontière. Billy a trouvé du travail à la librairie City Lights. Margo et Justine ont adopté un colley sauvage pour sauver leur mariage.

– Un colley farouche ?

– Il fait ses besoins dans le coin du jardin où je cultive mon cannabis. Pour moi, c'est être sauvage, ça. Oh… et Tabatha a collé des centaines de Tampax sur les murs de ton ancien appartement. »

Mona ne put s'empêcher de rire. « L'artiste, c'est bien ça ?

– Ça reste à prouver. Elle est en train de les peindre aux couleurs de l'arc-en-ciel. »

Mona s'esclaffa de nouveau. Elle adorait ces mises à jour car elles signifiaient qu'Anna trouvait toujours de quoi se réjouir auprès de sa dernière famille logique en date. Mona avait tout de même du mal à se rappeler tous leurs prénoms, d'abord parce qu'elle ne rencontrerait sans doute jamais ces gens, et ensuite parce qu'elle ne pouvait s'empêcher d'être un peu jalouse des rapports qu'ils entretenaient quotidiennement avec Anna. Les membres de la famille logique originelle s'étaient dispersés aux quatre vents : Mary Ann dans le Connecticut, mariée à un républicain sans intérêt, Michael de l'autre côté de la ville, avec un petit ami de plus en plus difficile à vivre. Il n'y avait plus que Brian et sa fille de dix ans, Shawna, au 28, Barbary Lane. Mona, bien sûr, était encore plus loin que les autres, mais elle ne s'en était jamais sentie coupable, seulement un peu triste parfois de ne pas pouvoir descendre à l'improviste dans le salon d'Anna pour partager un verre de sherry.

« Alors comme ça, Michael va venir te rendre visite ?

– Oui ! Je suis excitée comme une puce ! Ça fait des années qu'on ne s'est pas vus. Tu pourrais l'accompagner, tu sais ?

– Oui, je le sais, ma chérie. Et je le ferai un de ces jours. »

Tu ne le feras jamais, songea Mona. *Tu es trop bien dans ta vieille maison avec ta nouvelle progéniture qui t'adore, et tu n'as aucune envie de chambouler tout ça.*

« Tu vas manquer un rituel païen du tonnerre de Dieu, reprit-elle.

– J'en suis sûre, dit Anna. Prends plein de photos.

– Et puis je voudrais tellement que tu rencontres mon fils.

– Moi aussi, je voudrais le connaître, et sans trop tarder. C'est devenu un très beau jeune homme, n'est-ce pas ? »

Mona se rendit compte que leur bavardage avait viré au banal et elle décida de changer de sujet : « Excuse-moi de te poser cette question, Anna, mais est-ce que je suis la seule à me demander si notre coup de fil… risque d'être le dernier ?

– À cause de mon âge, tu veux dire ?

– Non ! Tu es immortelle ! Je peux très bien disparaître avant toi. C'est sans doute ce qui arrivera, d'ailleurs. C'est simplement que nous vivons aux antipodes l'une de l'autre et que des catastrophes se produisent sans arrêt…

– C'est juste, mais ça n'a rien à voir avec l'endroit où nous sommes. »

Il n'y avait rien à répondre à cela.

« Toujours à te faire de la bile pour rien, Mona. Tu es une éternelle inquiète. »

Mona sourit. « Mon fils m'a dit exactement la même chose, pas plus tard qu'hier.

– Eh bien, dis-lui que sa grand-mère pense qu'il est plein de sagesse. Qu'est-ce qu'il devient, lui ?

– Oh, il continue à me donner un coup de main pour faire tourner la maison. Et à chercher l'amour partout où il n'a aucune chance de le trouver. »

Anna laissa échapper un petit rire.

« Et en ce moment même, il m'aide à remettre sur pied une pauvre créature blessée que nous avons recueillie.

– Quel genre de créature ?

– Une touriste américaine qui venait de se faire cogner dessus par son mari. Dans cette maison ! Elle va se réfugier ici quelque temps.

– Quelle horreur ! J'ose espérer qu'il n'est plus là. Le mari.

– Non. Wilfred et moi avons inventé un bobard pour qu'il décampe. Il est reparti à Londres. Il ne sait même pas qu'elle est encore ici. Tu aurais été fière de nous, Anna.

– Je le suis toujours, Mona.

– Je le sais. Je te crois. »

Un long silence s'ensuivit. Mona se sentait au bord des larmes.

« Écoute, reprit-elle enfin. Ne donne pas d'herbe à Michael

pour le voyage. C'est risqué, ces derniers temps. Et j'en ai de la bonne ici.

– Aussi bonne que la mienne ?

– Presque. J'y travaille. »

Anna éclata de rire. « On se reparle très vite, ma trop belle.

– Oui. Bien sûr. Je t'aime. »

Quand Mona eut raccroché, les paroles d'une chanson de Cole Porter, comme d'habitude, lui parurent tout à fait appropriées à la situation :

How strange the change from major to minor, every time we say goodbye[1].

Ils avaient attribué à Rhonda une autre chambre, plus petite et à l'autre bout du couloir, afin qu'elle ne pense plus à cette terrible soirée avec son mari. Comme elle donnait sur la chapelle d'Easley et, au-delà, sur de beaux pâturages, Rhonda avait approché un fauteuil de la fenêtre pour s'y installer.

« Toc toc », fit Mona sur le seuil de la porte.

Rhonda tourna brusquement la tête, comme un lapin effrayé. « Oh, entrez, lady Roughton.

– Désolée de vous avoir fait peur.

– Non, non, pas du tout. J'm'étais seulement perdue dans l'paysage. J'en savourais chaque détail. »

Sa façon d'élider parfois les « e » était charmante, se dit Mona.

« Et comment va cette joue ? » s'enquit-elle.

1. « Comme c'est bizarre ce passage du mode majeur au mineur, chaque fois qu'on se dit au revoir. »

Rhonda pivota pour la lui montrer.

« Je ressemble toujours au fantôme de l'Opéra. Je devrais sans doute remettre du correcteur.

– Mais non. Surtout pas. Il faut laisser votre peau à l'air libre pour la réparer. De plus, on est en famille ici. Pas de grand bal costumé en vue.

– Mais est-ce que je ne devrais pas juste…

– Vous barbouiller avec une couche supplémentaire de cette saloperie verte ? Mon amie, qui est médecin, ne jure que par l'aloé véra. C'est un remède naturel, parfaitement efficace. » (Médecin, c'était sans doute pousser le bouchon un peu loin, mais franchement mieux que de dire « mon amie, qui est postière et calligraphe ».)

« Je peux en acheter au village ?

– Pas la peine. Nous en faisons pousser dans le jardin. Reposez-vous pour l'instant, dit Mona en tapotant le lit. Je reviens tout de suite. »

Elle sortit de la chambre et se précipita dans la serre, où elle coupa une longue tige épineuse d'aloé véra. À son retour, elle trouva Rhonda allongée, qui la regardait avec défiance alors qu'elle s'approchait du lit, la tige à la main.

« Rhonda, je vous présente Mlle Véra. Je sais qu'elle a un peu une allure de reptile, mais elle est très sympa et apaisante. »

Mona fit glisser le tabouret de la coiffeuse jusqu'au lit et s'y assit, tenant toujours la tige d'où suintait déjà le suc magique. Elle en récolta quelques gouttes du bout de son index.

« Maintenant, je vais toucher très doucement votre joue, Rhonda. Dites-moi si ça fait mal et j'arrêterai. »

Rhonda murmura qu'elle était d'accord.

L'ecchymose s'étendait sur la joue en une affreuse traînée jaune et violette.

« Vous avez de si belles pommettes, remarqua Mona en étalant le baume.

– Mon arrière-grand-mère était cherokee, répondit Rhonda.

– Ceci explique cela.

– Ernie n'aime pas que j'en parle. »

Mona cessa un instant de lui tamponner la joue. « Et nous, nous n'aimons pas beaucoup parler de lui, n'est-ce pas ? En tout cas, pas dans cette maison. Même son nom est interdit de séjour.

– Excusez-moi.

– Et arrêtez de vous excuser. Je vous l'ai déjà dit, grommela Mona en reprenant son tapotage. En tout cas, ça explique vos magnifiques yeux noirs. Du sang cherokee. Quelle chance vous avez ! »

Rhonda grimaça. Mona pensa lui avoir fait mal, mais se rendit compte que ce n'était qu'un prélude aux larmes qui se mirent à couler en silence.

« Oh non, ne pleurez pas. Vous allez noyer Mlle Véra. » Elle tendit la main vers la commode pour y attraper un mouchoir et sécha les yeux de Rhonda.

« Vous êtes si gentille avec moi, sanglota celle-ci.

– Rien de gentil là-dedans. C'est la moindre des choses. Vous n'avez pas l'habitude, voilà tout. »

Elle cassa un autre morceau de la tige et se remit à appliquer doucement du baume sur le visage de Rhonda.

« Je voulais vous proposer un truc. Wilfred et moi, on va

se faire un petit pique-nique à la folie, ce soir, et on s'est demandé si vous voudriez vous joindre à nous. On peut aussi vous monter quelque chose dans votre chambre, mais on s'est dit que…

– Avec grand plaisir.

– Génial ! Alors, restez bien tranquille et laissez Mlle Véra vous dorloter le visage pendant un petit moment. »

Rhonda s'exécuta jusqu'à ce qu'elle se rappelle brusquement qu'elle n'avait pas prévenu sa sœur à Tarboro. Elle se leva du lit et se dirigea vers le téléphone posé sur la commode, à côté duquel une petite carte indiquait, avec des lettres fantaisie, comment passer un appel international. Cindy décrocha au bout de trois sonneries.

« Salut, petite sœur.

– Rhonda, tu es rentrée ?

– Non, madame. Je suis toujours en Angleterre.

– Mais je croyais que vous deviez…

– Je l'ai quitté, Cindy.

– Qu'est-ce que tu dis ? Comment c'est possible ?

– Comment quoi est possible ?

– De quitter son mari en vacances. »

Rhonda jugea qu'il valait mieux ne pas donner de détails.

« Je me suis fait aider.

– Je n'en doute pas. Ça alors ! Je ne parviens pas à imaginer…

– Cindy, j'ai besoin de t'entendre me dire que tu es contente que ce soit arrivé.

– Bien sûr que je suis contente. Je l'aurais été encore plus, il y a cinq ans !

– Vraiment ?

– Oui, vraiment. Et tu le sais, sœurette. Je crevais de peur qu'il finisse par te tuer.

– Alors il faut que tu lui dises quelque chose s'il t'appelle. »

Long silence, puis un « OK » hésitant.

« Raconte-lui que je suis rentrée à Tarboro et que je me suis installée chez une amie. Et refuse de lui donner son nom. Je ne veux pas qu'il sache que je suis encore en Angleterre.

– Il t'a frappée, Rhonda ?

– Oh oui… Mais pour la dernière fois. Et tu peux lui dire que tu es au courant de tout s'il essaye de te servir des bobards. Il fera tout pour éviter le scandale. »

Après son coup de fil à Cindy, Rhonda fit une petite sieste. Elle dormit d'un sommeil profond. Elle se sentait enfin en sécurité. Ernie avait été lancé sur une fausse piste – pour utiliser une de ses expressions de chasseur favorites – et il ne soupçonnerait sans doute jamais qu'elle avait trouvé refuge à Easley House. S'il n'avait pas encore pris l'avion pour Charlotte, ce n'était qu'une question d'heures.

Ses rêves de l'après-midi étaient peuplés de jacinthes sauvages et de chants d'oiseaux, mais Dieu merci, Ernie n'y apparaissait pas.

Elle fut réveillée par un *toc toc* discret.

« Entrez. »

Wilfred entrouvrit doucement la porte et passa la tête à l'intérieur.

« Je vous ai apporté des wellies, Mona pense que ça doit être encore boueux là-haut. »

Rhonda n'était pas sûre de ce qu'étaient des « wellies », jusqu'à ce qu'il lui montre une paire de bottes Wellington en caoutchouc noir.

« Je vous les pose là. Vous pouvez les enfiler par-dessus vos chaussures. Je reviens vous chercher dans un quart d'heure. »

Au retour de Wilfred, elle avait passé un pantalon et un pull-over chaud, et enfilé les bottes. (Elle avait résisté à l'envie de couvrir ses bleus de maquillage parce que cela aurait déplu à lady Roughton et que, de fait, il n'y avait personne dans les parages qui n'ait déjà constaté les dégâts.) Emboîtant le pas au jeune homme, elle descendit pesamment l'escalier pour rejoindre la pelouse plus verte que nature qui s'étendait derrière la maison. La folie se dressait en haut d'une montée en terrasses abrupte, constellée de flaques de boue traîtresses dans lesquelles ses bottes s'enfonçaient lourdement. La folie elle-même était formée d'un cône pyramidal surmontant une structure cubique de calcaire doré, ouverte à tous les vents.

Rhonda était hors d'haleine quand ils atteignirent le sommet. Lady Roughton les y attendait, postée derrière une grande table ronde couverte d'appétissantes victuailles : œufs à la diable, salade de fruits, assortiment de fromages et de sandwichs croustillants au pain complet.

« Mon Dieu, s'exclama Rhonda. Comment avez-vous porté tout ça jusqu'ici ? »

Mona indiqua son fils du regard. « À votre avis ? »

Wilfred sourit et fit une petite courbette.

« Maintenant, asseyez-vous. Cette escalade est crevante. »

Rhonda obéit et se laissa tomber sur une chaise longue, avec un profond soupir de soulagement.

« Un peu de scrumpy ? proposa Mona.

– Je ne sais pas ce que c'est.

– Notre cidre maison. M. Hargis le fait avec nos pommes.

– C'est fort ? »

Lady Mona sourit. « Tous les cidres sont forts par ici.

– Eh bien… oui. S'il vous plaît. »

Son hôtesse plongea la main dans une glacière, en tira une bouteille ambrée couverte de givre, dont elle fit sauter le bouchon de porcelaine, avant de la tendre à Rhonda.

Celle-ci en but une gorgée. Au début, le liquide à la fois doux et acidulé lui parut froid, mais bientôt une chaleur apaisante se répandit en elle, jusqu'aux os. Elle en prit encore une rasade. « C'est absolument délicieux », dit-elle.

Mona murmura qu'elle était d'accord : « J'ai toujours détesté le goût de la bière, mais le scrumpy, ça fait du bien par où ça passe. »

Un sentiment inattendu de sororité envahit Rhonda. C'était étonnant, tout ce qu'elle avait en commun avec lady Mona. D'abord Rhonda Fleming, et maintenant ce dégoût pour la bière.

Ernie, bien sûr, s'était toujours moqué d'elle à ce sujet. C'était si peu américain ! disait-il.

Mais elle n'allait pas se mettre à penser à lui. Elle allait se concentrer sur les deux êtres adorables qui lui avaient préparé ce festin, tout en continuant à siroter son cidre. Chacun d'eux avait son type de beauté, songea-t-elle. Dans la douceur du crépuscule anglais, leur teint avait l'éclat satiné de statuettes de porcelaine, de ces figurines Lladró peut-être, devant ce décor de collines bleues qui s'élevaient dans le lointain.

« Là-bas, c'est le pays de Galles, dit Wilfred qui paraissait avoir lu dans ses pensées.

– Vraiment ? Un autre pays ?

– Eh oui. Une autre langue aussi.

– Incroyable ! » Elle but une nouvelle gorgée de scrumpy. « Décidément délicieux !

– Un peu de musique, ça vous plairait ? » proposa Wilfred. Un lecteur de cassettes était posé devant lui. « Qu'est-ce qui vous ferait plaisir ?

– Je vous laisse choisir. »

Il mit alors un morceau intitulé « Blue Savannah », une chanson entraînante interprétée par un groupe anglais qui répétait sans arrêt : « Là où il y a du cœur, je suis chez moi. » Parfaitement en accord avec le moment. Pour l'heure, au moins, elle se sentait chez elle sur cette colline magique, avec la lune qui montait dans un ciel indigo, et les fenêtres de la majestueuse demeure qui brillaient en contrebas.

Il ne fallut pas très longtemps pour qu'elle ressente les effets de l'alcool. En réalité, peu après sa deuxième bouteille de scrumpy, elle était passée insidieusement d'un état de légère ébriété à une bienheureuse apathie. Elle n'essaya même pas de lutter. Elle se laissa aller au confort de son transat, tandis que Wilfred et lady Mona la gavaient de sandwichs au jambon et au cheddar et de délicieuses tartelettes sucrées.

« Vous les confectionnez vous-mêmes ? demanda-t-elle.

– Bon Dieu, non, répondit lady Mona. Nous les achetons au village. »

Rhonda gloussa en contemplant son hôtesse avec admiration.

« Vous êtes tellement… rafraîchissante.

– Oh oh ! C'est le scrumpy qui parle, je crois.

– Non. Je suis sincère. Vous êtes quelqu'un de tout à fait étonnant. Vous dites exactement ce que vous pensez, non ? Si j'arrivais à m'extirper de ce transat, je vous prendrais dans mes bras. »

Ils éclatèrent de rire tous les trois. Rhonda avait rendu tout le monde joyeux et elle en était très fière. L'espace d'un instant, elle oublia complètement son affreuse ecchymose.

Elle se tourna vers Wilfred. « Donc, c'est M. Hargis qui fait ce cidre.

– Oui, c'est bien lui. » Wilfred écarquilla les yeux. « Mais il refuse de donner sa recette. Sûrement parce qu'il utilise des rongeurs morts pour la fermentation. »

L'horreur dut se lire un instant sur le visage de Rhonda, mais Wilfred esquissa un petit sourire narquois qui lui fit comprendre qu'il blaguait.

« Vous alors !

– Une autre bouteille ? proposa lady Mona.

– Si j'en bois encore une, je ne pourrai jamais redescendre entière. »

Mona sourit. « Voilà pourquoi on appelle ce genre de pavillon "une folie".

– Sérieusement, mes jambes risquent de ne pas tenir le coup.

– Eh bien, je vous porterai sur l'épaule », dit Wilfred.

Rhonda lâcha un petit rire et, durant un instant, elle s'imagina la scène : soulevée dans les airs par ce jeune homme qui sentait bon la lotion de bay rum, puis le contact de son dos musclé contre sa poitrine alors qu'ils sautilleraient sur les pierres du chemin. Elle sentit son visage s'empourprer et le rouge monter jusqu'à sa joue tuméfiée. *Fini le cidre pour aujourd'hui, Rhonda Blaylock.*

« Vous êtes un charmeur, n'est-ce pas, Wilfred ? Je m'étonne qu'une fille du village ne vous ait pas déjà mis la main dessus. » Elle se rendit compte qu'elle devait paraître un peu aguicheuse, mais ce n'était pas du tout son intention. Elle voulait seulement se montrer gentille (et faire disparaître l'image fugitive et immorale de Wilfred l'enlevant comme une Sabine sur son épaule).

« Je suis pas du genre à me marier, répondit Wilfred avec un sourire énigmatique. Plutôt un fils à maman.

– Allons, allons. » Rhonda leva les yeux vers lady Mona qui venait de lui servir une nouvelle tartelette. « Dites-moi que ce n'est pas vrai.

– Pas vrai du tout.

– Je parie qu'il doit jouer du bâton pour disperser ses admiratrices. »

Pour une raison inconnue, lady Mona étouffa un éclat de rire. Wilfred haussa les épaules en faisant des yeux ronds.

Rhonda hésita, puis se lança : « Est-ce que je peux vous poser une question personnelle ?

– Bien sûr. Je vous en prie.

– Est-ce que lady Mona est votre… mère biologique ?

– Je sais pas trop… À votre avis ? »

Lady Mona leva les yeux au ciel. « Wilfred, arrête tes conneries. » Puis, se tournant vers Rhonda : « Il était adolescent quand je l'ai adopté. Son père est mort subitement à Londres. Il est passé par ici avec un ami à moi et… on a craqué l'un pour l'autre.

– Je suis aborigène d'Australie, expliqua Wilfred. Enfin, mes ancêtres…

– Ah… bredouilla Rhonda, pas très sûre de savoir ce que ça voulait dire.

– Un Aborigène, ajouta-t-il. Avec un mélange de sang hollandais.

– Je vois… c'est tout à fait fascinant. »

Elle se réjouit qu'Ernie n'assiste pas à cette conversation.

Après le pique-nique, Rhonda réussit à redescendre de la colline sans qu'on ait besoin de la jeter sur l'épaule de qui que ce soit. Wilfred resta à portée de main au cas où elle glisserait, puis repartit vers la folie pour tout ranger. Lady Mona insista pour l'accompagner jusqu'à sa chambre.

« Vous vous êtes montrée si gentille avec moi, dit Rhonda, alors qu'elles traversaient la grande salle.

– Mais non. Vous avez été une de nos clientes les plus faciles.

– J'ai franchement peine à vous croire. »

Lady Mona émit un petit grognement. « En tout cas, une des plus adorables. » Elle s'arrêta et plongea les yeux dans ceux de Rhonda. « Vous savez que vous pouvez rester ici autant qu'il vous plaira.

– Oh, je ne pourrai pas !

– Et pourquoi pas ? Vous êtes tellement pressée de rentrer à Tarpatch ?

– Tarboro, corrigea Rhonda avec un léger sourire.

– Peu importe. Nous n'avons pas de clients pendant presque un mois, et vous devez d'abord soigner votre joli visage. Vous pourrez toujours vous rendre utile de temps à autre. Quelque chose me dit que vous devez savoir vous servir de vos mains dans une maison. Et puis, vous ne pouvez pas partir avant d'avoir vu le printemps dans toute sa splendeur.

– Lady Mona, je…

– Oh, arrêtez avec ce fichu “lady”. Appelez-moi simplement Mona à partir de maintenant. »

9

Un faible pour les rousses

La maison de Poppy Gallagher était autrefois un moulin à eau qui fournissait en électricité une fabrique de pianos. Ensuite, sa roue avait été utilisée pour produire des rubans de soie, un autre de ces anachronismes qui s'étaient évanouis au tournant du XXe siècle. Mais si la majestueuse roue avait disparu depuis longtemps malheureusement, la bâtisse en pierre couverte de mousse de Poppy était toujours perchée sur la rive du Blockley Brook, un cours d'eau d'à peine deux mètres de large qui continuait à glouglouter héroïquement en l'absence de toute industrie. *Qu'est-ce qui glougloute, à part les ruisseaux ?* se demanda-t-elle en franchissant la passerelle en bois pour aller reprendre sa vieille Morris Mini toute cabossée. *Les rivières ? Les torrents ? Seuls les ruisseaux ont-ils le droit de glouglouter ?*

Elle s'arrêta au milieu du pont et regarda l'eau glisser entre les berges couvertes d'herbe rase, à l'ombre de feuillages abondants. Elle faisait la même chose presque tous les matins avant de se rendre à la poste : une façon pour elle de se donner le temps de méditer, un prélude apaisant avant sa journée de travail à Chipping Campden. Une pause d'une monotonie bien agréable.

Ce jour-là, cependant, il y avait un visage dans l'eau.

Un teint aussi pâle que de l'ivoire, des lèvres roses entrouvertes et des yeux hagards qui fixaient le ciel sous l'eau ondoyante. Elle avait souvent vu ce visage, auparavant. Elle l'avait même étudié à l'université. C'était celui de sa chère Lizzie Siddal dans le célèbre tableau de John Everett Millais.

Et elle gisait dans ce ruisseau ! Exactement la source d'inspiration dont elle avait besoin pour sa prochaine exposition de photos.

Cette idée occupa toutes ses pensées durant les cinq kilomètres de trajet à travers la campagne, jusqu'à Chipping Campden. Au bureau de poste, il y avait un « coin art » où elle exposait parfois ses photographies afin de distraire les clients qui faisaient la queue pour expédier leurs colis. Jusque-là, elle avait toujours puisé son inspiration dans la nature – des arbres noueux, des fleurs, d'adorables renardeaux – et ses expositions dans la mini-galerie avaient emballé les clients (mis à part un colonel irascible qui chassait le renard et l'avait fustigée pour oser « se faire de la publicité dans les locaux de Sa Majesté »). Elle ne s'était jamais attaquée à un sujet humain par peur de révéler trop de choses sur elle-même. Un portrait, c'était beaucoup trop intime.

Or le moment était sans doute venu de vaincre ses propres réticences. L'intensité de ses sentiments pour Mona était peut-être devenue trop évidente pour que les renards et les fleurs suffisent à la contenir.

Il était probablement temps de donner un tour plus personnel à son art.

Il y avait très peu de clients à la poste ce matin-là, et Poppy en profita pour appeler Mona à Easley.

« Bonjour, ma douce. Les Blaylock sont partis ?

– Pas exactement.

– C'est-à-dire ?

– Je te raconterai plus tard.

– Tu ne voudrais pas qu'on se retrouve pour déjeuner au salon de thé qui vient d'ouvrir dans la grand-rue ? J'ai quelque chose de prodigieusement excitant à partager avec toi.

– Ça alors ! Je bous d'impatience », s'exclama Mona.

Poppy trouva son ton ironique, mais Mona se montrait souvent facétieuse et il était difficile d'interpréter ce qu'elle disait.

« Tu te payes ma tête ?

– Pas du tout, j'adore te savoir prodigieusement excitée.

– Très bien. Alors, midi au Boscobel ? »

Une demi-heure plus tard, Mona entrait dans le salon de thé, vêtue d'un jean blanc immaculé et d'un chemisier rose que Poppy ne lui avait jamais vu.

« Ça te va bien », lui dit-elle.

Mona haussa les épaules. « On dirait que le printemps montre enfin son nez. » Elle prit une carte qu'elle consulta avec attention. « Tu penses que le sandwich du Couronnement au poulet est mangeable ?

– Jamais goûté, mais tout est bon ici.

– Alors, de quoi tu voulais me parler ? » demanda Mona.

Avant que Poppy ait pu répondre, une serveuse s'approcha de leur table. Pour faire simple, Poppy commanda une théière de tisane pour deux et un sandwich du Couronnement au poulet pour chacune. Quand la serveuse eut disparu, elle se pencha en avant comme si elle allait se lancer dans des commérages ou se mettre à comploter.

« Tu as déjà entendu parler de Lizzie Siddal ?

– Ce nom me dit quelque chose, répondit Mona. Ce n'est pas une fille qui chantait dans un groupe de rock ? »

Poppy secoua la tête. « Pas du tout. Tu te trompes de siècle. Elle était modèle dans les années 1850, une beauté légendaire qui a posé pour plusieurs peintres préraphaélites. Certains voient en elle le premier top-modèle. Tu pourrais facilement la reconnaître dans les tableaux en question.

– C'est pas gagné, jeune dame. »

Poppy fut tentée de montrer à Mona la carte postale qu'elle avait apportée, mais elle décida d'attendre d'avoir exposé son projet.

« Je suis une de ses fans inconditionnelles depuis le collège. Complètement obsédée, en fait, même si je ne connaissais pas grand-chose d'elle, à part les tableaux où elle était représentée, pour l'essentiel des scènes romantiques du Moyen Âge avec des chevaliers, de nobles dames, et tout le tremblement. Plus tard, j'ai appris quelle affreuse vie elle avait eue. Elle venait d'un milieu ouvrier, elle était souvent très triste et accro au laudanum, comme tellement de femmes à l'époque. Elle a perdu un enfant, aussi, et a fait une terrible dépression. Elle avait mon âge quand elle est morte, trente-deux ans exactement.

– Mais où tu veux en venir, bon Dieu ?

– Voilà : le mari de Lizzie était le peintre et poète Dante Gabriel Rossetti, qui a été tellement dévasté par le chagrin, quand sa femme est morte, qu'il a écrit des poèmes dans un cahier qu'il a fait placer dans son cercueil, le jour de son enterrement. Mais ensuite, un marchand d'art londonien, ignoble et prêt à tout pour gagner un peu d'argent, a convaincu Rossetti que ces poèmes dédiés à Lizzie devaient être publiés. Et donc, sept ans après l'inhumation au cimetière de Highgate, ils ont déterré la malheureuse...

– Mon Dieu ! Mais qui l'a déterrée ? Son mari ?

– Non, il a fait faire le sale boulot par un ami.

– Eh bien, ça, on peut dire que c'en était un.

– Mona, s'il te plaît, sois un peu sérieuse. »

Mona fit le geste de se boucler le bec.

« En tout cas, cet ami a raconté à Rossetti qu'à l'ouverture du cercueil, sa femme était toujours aussi belle.

– Au bout de sept ans ? Un gros bobard.

– Oui, tu as raison, j'en ai peur. Il l'idéalisait dans la mort, comme dans la vie. Et Rossetti lui-même a compris qu'il avait commis un acte infâme en profanant sa tombe. Il a été submergé de honte. On raconte qu'il n'a plus jamais été le même homme, ensuite. Cette histoire est une vraie fable féministe, Mona. »

Poppy espérait que, en la qualifiant ainsi, elle susciterait l'intérêt de sa compagne.

« Peut-être bien. Mais qu'est-ce qui t'excite autant ?

– Je veux lui rendre hommage en recréant l'image qui l'a fait connaître à la plupart d'entre nous. » Poppy fouilla dans son sac et en sortit la carte postale. « Ça, c'est Ophélie, le grand amour d'Hamlet, peinte par John Everett Millais en 1851. Quand Hamlet a tué son père, elle est devenue complètement folle. Le tableau la montre en train de chanter, juste avant de se noyer dans une rivière au Danemark. »

Mona hocha la tête en examinant la carte. « Tu as raison, j'avais déjà vu ce tableau.

– Tout le monde le connaît. C'est une des plus belles représentations de la nature dans l'histoire de l'art. Toutes ces nuances de vert dans les branches qui surplombent Ophélie, ces roseaux en bordure, et ce bouquet de fleurs délicates qu'elle tient dans la main. Tout cela ressemble beaucoup au Blockley Brook…

– … qui coule en bas de ta maison.

– Exactement. Tout était là, tous les jours, sous mon nez. Je me demande comment j'ai fait pour ne pas m'en apercevoir plus tôt. »

Mona secoua lentement la tête. « Et maintenant, ce qu'il te faut, c'est une folle, rousse, qui accepte de se coucher dans le ruisseau pour que tu la prennes en photo. »

Poppy ne répondit pas, surprise de voir à quelle vitesse Mona avait deviné ses intentions.

« J'ai mis dans le mille, hein ? On dirait bien qu'elle est rousse sur le tableau.

– Oui, tout à fait. Elle est connue pour ça. »

Poppy se sentit rougir violemment et elle fut soulagée quand la serveuse revint avec leur commande. Elles gardèrent le silence durant quelques minutes. Puis Mona but une gorgée de tisane et jeta un regard espiègle à Poppy par-dessus son sandwich.

« Dis-moi un peu, ça fait combien de temps que tu as ce faible pour les rousses ?

– S'il te plaît, ma douce, arrête.

– Je suis sérieuse. Est-ce que je suis ton premier sosie de Lizzie ? Ou rien qu'un maillon dans une longue chaîne de rousses flamboyantes…

– N'en parlons plus.

– C'est pareil que dans *Sueurs froides,* non ? Quand James Stewart demande à Kim Novak de s'habiller comme une femme qui est morte pour pouvoir…

– Lizzie Siddal n'est pas morte ! Enfin, si, mais… c'est une figure légendaire de l'histoire de l'art. Ce serait lui rendre hommage, Mona. Honnêtement, je pensais que tu aurais été flattée. »

Mona reprit la carte postale. « C'est vrai qu'elle est canon.

– Elle te ressemble. Je suis sûre que tu t'en rends compte.

– Je vois surtout qu'elle a l'air d'avoir vingt ans, à peu près. Moi j'en ai quarante-huit, ma chérie.

– Quarante-neuf.

– Comme tu veux.

– Mais justement… Tu ne comprends pas ? Tu incarnerais Lizzie avec la sagesse d'une femme mûre. Lizzie ressuscitée en une beauté désenchantée.

– Tu risques de te retrouver face à totalement autre chose que du désenchantement si tu me plonges dans ce ruisseau glacé en robe de bal.

– J'y ai beaucoup réfléchi. Tu pourrais porter une combinaison de plongeur sous la robe. J'aurai fait tous les réglages à l'avance. Il ne me faudra qu'une minute ou deux pour prendre la photo. J'ai l'objectif adéquat. Et si la photo ne te convient pas, on pourra toujours la jeter à la poubelle.

– Mais si elle nous plaît ? Tu comptes m'afficher dans ton bureau de poste pendant un mois ? »

Poppy se sentit soudain piquée au vif par le ton acide de Mona. « Tu veux dire que tu n'aimes pas mes séries photo ?

– Si, si, je les adore ! En particulier, les fleurs et les renardeaux. Je ne suis juste pas très sûre d'avoir envie de voir ma tronche sur ce mur.

– Eh bien… comme tu veux. »

Poppy aurait souhaité expliquer qu'elle voyait ce portrait comme une collaboration entre l'artiste et son modèle, où leur liaison était implicitement reconnue. Ce qui se passait entre elles n'était plus vraiment un secret pour personne, alors pourquoi ne pas s'en montrer fières au nom de l'art ? Mais elle n'osa rien dire, de peur que Mona se sente obligée d'accepter.

Et si leur liaison n'en était déjà plus une ?

Dans ce cas, elle préférait ne pas se l'entendre dire.

« Je suis désolée de faire tomber ton idée à l'eau, déclara Mona.

– Non, non. Ne t'inquiète pas. Je vais trouver une autre façon de la réaliser.

– Il te reste toujours Mme Benton, la pâtissière. »

La Mme Benton en question avait au moins dix ans de plus que Mona et elle teignait ses cheveux raides et trop fins en un rouge vermillon franchement ridicule. Poppy n'apprécia pas la plaisanterie et le fit savoir en se murant dans le silence.

« Bon Dieu, Poppy. Fais-le toi-même. Tu es la plus jolie fille du Gloucestershire. Achète-toi une perruque rousse et prends-toi pour modèle. »

Voilà une idée romantique. Être son propre modèle.

Poppy mordit dans son sandwich pour faire taire ses pensées troublantes.

Après déjeuner, elles firent un tour dans le village, s'arrêtant devant les jardins qui attiraient leurs regards. Elles s'appliquèrent toutes deux à parler de fleurs, jusqu'à ce que Mona remette la question sur le tapis.

« Je suis désolée de m'être montrée si susceptible au sujet des rousses. C'est seulement que je me rappelle avoir fait la même chose.

– C'est-à-dire ?

– Fétichiser quelqu'un pour un détail physique.

– Fétichiser ?!

– OK, embellir. Idéaliser. Ce qu'a fait Rossetti avec Lizzie, peu importe le nom qu'on donne à ça. J'ai fait pareil quand j'avais ton âge. Exactement ton âge, en fait. Et celui de Lizzie quand elle est morte.

– Explique.

– Je suis tombée amoureuse d'un beau mannequin noir et j'adorais tellement l'idée qu'elle soit noire et que nous soyons en couple que j'ai été dévastée lorsque j'ai appris qu'elle ne l'était pas.

– Quoi ?

– Elle avait foncé sa peau pour décrocher un contrat de mannequin de couleur. C'était dans les années soixante-dix, tu te rappelles, les mannequins noirs étaient soudain très demandés.

– Mais au fond d'elle, elle était toujours la même.

– Pas pour moi, non. Elle m'avait trompée, au bout du compte. Et je pense qu'elle a senti que l'intérêt que je lui avais porté était plus militant que personnel.

– Alors… quoi ? Tu as rompu ?

– Oui. Ça s'est fait en douceur, mais j'ai retenu la leçon. Quand on aime quelqu'un pour son… apparence… il ou elle peut finir par ne pas se sentir aimé du tout. » Elle passa un bras autour des épaules de Poppy. « Alors, joue franc-jeu. Combien de filles rousses tu as connues ? »

Poppy se tourna vers elle et réussit à esquisser un petit sourire.

« Pas suffisamment pour te donner une raison de rompre le contrat. »

Elle soupçonnait Mona, en effet, de chercher une bonne raison de la larguer et de lui faire porter le chapeau. La couleur de cheveux n'était qu'un prétexte.

Mona la raccompagna jusqu'au bureau de poste, mais resta sur le seuil.

« Ne m'en veux pas, dit-elle.

– Je ne t'en veux pas, répondit Poppy d'un ton égal. Préviens-moi lorsque tu auras besoin d'autres calligraphies. »

Elle se rendit compte que c'était une vacherie parce que cela signifiait que Mona n'avait besoin d'elle que pour une chose, à part les galipettes occasionnelles dans le foin.

Mais au plus profond d'elle-même, c'était ce qu'elle ressentait.

Et tout l'après-midi, elle demeura tête baissée derrière son guichet, en espérant que personne ne remarque ses larmes.

10

Et la lumière fut

Mona savait qu'elle avait fait de la peine à Poppy et elle s'en voulut durant presque tout le trajet de retour jusqu'à Easley. Mais elle savait aussi que si elle avait accepté de poser pour elle et d'être exposée à la poste, pendant un mois, en train de flotter dans son ruisseau avec un bouquet de fleurs serré entre les doigts, le village entier aurait largement eu de quoi alimenter ses commérages en faisant la queue pour acheter des timbres. Et ils en auraient aussi parlé avec Poppy, ce qui était exactement ce que la jeune femme attendait. Elle voulait officialiser leur liaison avec une photo.

Mona n'y était pas prête. En tout cas, pas tout de suite. Et elle ne le serait sans doute jamais.

Poppy était belle, assurément. Ses yeux humides à la Debra Winger lui avaient fait tourner la tête, la première fois qu'elle l'avait vue à la poste, mais elle s'était révélée trop immature et fragile pour faire le poids face à elle. D'accord, elle avait troqué ses robes en liberty contre des tenues « artistiques » de paysanne du Guatemala, mais quelque chose en elle resterait toujours très Laura Ashley. C'était sympa, le temps d'une nuit torride passée à jouer à l'écolière-qui-rencontre-la directrice-de-la-pension, mais à force, ça risquerait d'être l'enfer au petit déjeuner.

Mona finirait par avoir des envies de meurtre.

Easley resplendissait sous le soleil de l'après-midi quand sa vieille Toyota franchit le dernier virage. Le parfum du jasmin en fleur sur le portail flotta jusqu'à elle, porté par une brise étonnamment chaude. Des hirondelles traversaient le ciel, des bourgeons d'un vert tendre commençaient à éclore, et M. Hargis, longue vie à lui, s'était arrêté au bord de l'allée pour lui adresser un signe de la main.

Bon Dieu, qu'elle aimait cette maison !

Rhonda était étendue sur la banquette de fenêtre dans la grande salle. Nilla, couchée à ses pieds, la regardait avec vénération.

« On dirait que quelqu'un s'est fait une nouvelle amie. »

Rhonda sourit. « Elle n'arrête pas de me lécher la joue.

– Elle adore les gros bobos. Elle a failli m'arracher le genou à coups de langue quand je me l'étais cogné dans l'escalier.

– Une infirmière-née, dit Rhonda. C'est une bonne fille. Comment s'est passé ton déjeuner ?

– Bien. Un joli salon de thé vient d'ouvrir à Chipping Campden. Qu'est-ce que tu lis ? » Un livre pas plus gros qu'un jeu de cartes était posé sur les genoux de Rhonda.

« Oh, c'est une sorte de bréviaire journalier. Un recueil de citations inspirantes. Une pour chaque jour de 1993. » Puis, d'un air penaud, elle ajouta : « Je ne l'ai pas ouvert depuis que… tu sais…

– Ça ne m'étonne pas », dit Mona.

Elle s'assit près de Rhonda sur la banquette. La lumière dorée qui se déversait par la grande fenêtre rendait encore plus saillantes les pommettes cherokees de l'Américaine. La douleur qu'y lisait Mona était majestueuse, presque belle.

« Ça m'aide… comment dire ?… à trouver la paix. »

Mona hocha la tête. « On a tous besoin quelquefois de marquer une pause pour se recentrer. » Elle tapota le genou de Rhonda pour lui témoigner son soutien. « C'est quel genre de citations ?

– Oh, c'est parfois des citations de pasteurs, parfois des paroles de Jésus. »

Ah génial, songea Mona. *Il ne manquait plus que ça !*

« Eh bien, Jésus a dit certaines choses très utiles. »

Pas très original, comme remarque, mais Rhonda sembla l'apprécier. Elle sourit en dodelinant de la tête : « Oui, n'est-ce pas ? »

Mona espéra de toutes ses forces qu'elle ne lui demande pas quelle était sa citation préférée de l'Évangile, mais heureusement, Rhonda était déjà en train de glisser son petit bréviaire dans sa manche.

« J'ai mis un peu d'ordre dans la cuisine, ça ne t'ennuie pas ? N'hésite pas à me le dire si j'ai pris trop d'initiatives. Certaines femmes ont leur propre méthode de rangement et ne veulent pas qu'on s'en mêle, alors… »

Mona ricana. « Tu as dû te rendre compte que je n'en ai pas vraiment, ni dans la cuisine ni ailleurs dans la maison. Fais tout le rangement que tu voudras, Rhonda, ça ne peut qu'être un plus. »

Rhonda sourit et se pencha pour gratter le cou de Nilla.

« Comme j'aurais aimé que nous ayons un chien !

– Nous en avons un. Et donc, tu en as un. Il est là. »

Un sourire un peu plus pâle, cette fois. « Je voulais dire… Ernie et moi. »

Mona hésita un instant. Elle savait qu'il ne servirait à rien de lui reprocher de parler sans arrêt de son mari, parce que les victimes de violences physiques, avait-elle entendu dire, avaient tendance à prendre tout reproche pour une maltraitance supplémentaire.

« Tu crois vraiment qu'un chien aurait changé quelque chose, Rhonda ? »

Celle-ci réfléchit un instant avant de répondre : « Non, mais au moins, j'aurais eu de la compagnie quand il partait se saouler au club. »

Mona l'observa pour savoir si elle plaisantait et découvrit l'ombre d'un minuscule sourire au coin de sa bouche.

« Bravo, bonne réaction », dit Mona en lui rendant son sourire.

Rhonda se pencha de nouveau pour caresser Nilla. « On avait un chien quand j'étais petite, mais papa ne voulait pas qu'il entre dans la maison. C'était un vieux chien de chasse tout pelé qui restait attaché à une chaîne toute la journée, dans le jardin de derrière. Impossible de le câliner ou de le faire monter si on ne peut pas dormir avec.

– Quelle erreur ! s'exclama Mona. À quoi ça sert d'avoir un chien s'il ne peut pas dormir avec soi ? »

Les yeux noirs de Rhonda se mirent à briller. « Ton père te l'avait permis ?

– Permis quoi ?

– D'avoir un chien. »

Mona fit la moue. « Mon père ne m'a jamais permis d'avoir un père. Il a quitté ma mère quand j'avais sept ans.

– Quelle horreur !

– Je m'en suis tirée, au bout du compte. Et plus tard, j'ai fini par comprendre pourquoi il ne pouvait pas rester avec ma mère. Chacun doit se construire sa propre famille, Rhonda. Tu aurais dû virer Ernie de la tienne, il y a longtemps. »

Le regard de Rhonda se perdit dans le lointain pendant quelques secondes. « Je suppose qu'il a dû rentrer à l'heure qu'il est, même si ma sœur n'a pas eu de ses nouvelles.

– Évite d'y penser.

– Je voudrais bien… mais je voudrais aussi qu'un océan continue de nous séparer. »

L'inquiétude se lisait sur son visage.

« Il n'aime pas trop ça quand je fugue, reprit-elle.

– Ça t'était déjà arrivé de fuguer ? s'étonna Mona.

– Une fois seulement. On était partis faire une retraite baptiste à la montagne. Il s'est mis à me gifler sans arrêt, alors… j'ai pris un Greyhound pour rentrer à Tarboro et je suis restée trois jours chez ma sœur. Ça l'a mis dans une colère noire. Je ne l'avais jamais vu aussi furieux. Il devait se sentir abandonné. J'imagine qu'il avait l'impression d'être menacé dans sa virilité. »

Mona ne put s'empêcher de rire. « Sa virilité ? Quelle virilité ? C'est un misérable ver de terre pleurnichard. Au fait, qu'est-ce qui l'a poussé à te faire ça ? demanda-t-elle en désignant la joue meurtrie.

– Oh, une simple discussion au sujet d'un ami à lui, un

homme politique qu'il a beaucoup aidé pour sa réélection et qui l'a ensuite complètement ignoré.

– Et qu'est-ce que tu as fait ?

– Rien du tout. Je me suis montrée compatissante. Je n'avais jamais beaucoup aimé ce type et je l'ai dit à Ernie.

– C'était qui ?

– Tu n'as sans doute jamais entendu parler de lui puisque tu vis en Angleterre depuis dix ans.

– Dis quand même.

– Jesse Helms. Le sénateur Jesse Helms. »

Mona sentit sa mâchoire tomber. « Tu te fous de moi ?

– Tu sais qui c'est ?

– Si je le sais ? Je le méprise. Comme le méprisent… » Elle allait dire « tous les gays que je connais », mais elle se retint à temps. Si on ouvrait maintenant la boîte de Pandore, ce serait sans doute trop pour Rhonda. « Comme le méprisent toutes les personnes respectables que je connais », dit-elle finalement.

Rhonda parut intimidée par la violence de sa réaction.

« Je suis étonnée que tu aies entendu parler de lui, ici.

– Nous lisons les journaux, Rhonda.

– Je sais bien. Je n'avais pas l'intention de… Je voulais seulement dire que Jesse est très populaire en Caroline du Nord.

– À Tarbilly peut-être.

– Non. Partout. » Elle se retourna pour regarder Mona droit dans les yeux. « Je préférerais que tu ne fasses pas ça.

– Quoi donc ?

– Te moquer de Tarboro. C'est une jolie petite ville et c'est là que j'ai grandi, et certaines personnes que j'aime y vivent encore… et je ne peux pas oublier tout ça… simplement parce que Ernie et moi… »

Des larmes coulaient sur son visage. Ayant soudain honte d'elle-même, Mona tendit la main pour prendre celle de Rhonda.

« Ne fais pas attention à ce que je raconte. Tous mes amis me disent que je suis une grande gueule. J'ai tendance à tirer avec un canon dans un duel au pistolet. »

Rhonda essuya une larme. « Un duel ? C'est comme ça que tu vois les choses ?

– Non, non, pas du tout, Rhonda. Ça n'a rien à voir avec toi. C'est seulement que Helms a dit des choses si horribles sur des gens que j'aime. »

Rhonda fronça les sourcils. « Des gens qu'il connaissait, tu veux dire ?

– Non, bon Dieu, non, il ne les avait jamais rencontrés. Mais ça ne l'a pas empêché de les juger avec une cruauté sans nom. »

Rhonda hocha lentement la tête, le temps que l'information fasse son chemin. Puis, avec calme, elle demanda : « Des gens qui avaient le sida, c'est ça ? »

Mona était déconcertée. « Euh, en fait… oui…

– Eh bien, c'est exactement ce que j'ai expliqué à Ernie… que Jesse ne devrait pas critiquer des êtres qui ne peuvent pas s'empêcher de faire ce qu'ils font, même si leur style de vie enfreint la loi divine. »

Et merde, songea Mona. *Nous y voilà. Parler de « style de vie » est tellement révélateur.*

« Donc tu penses que les gays enfreignent la loi divine ?

– De fait, la Bible énonce clairement que si un homme couche avec un homme…

– Oh, je t'en prie, Rhonda. On trouve plein de conneries dans la Bible. Est-ce que toi, tu connais des gays ?

– Je dois avouer que non.

– Eh bien maintenant, si. » Mona déploya ses mains autour de son visage comme si elle présentait un réfrigérateur lors d'un jeu télévisé. « Tada ! »

Rhonda resta un instant bouche bée, le temps de digérer la nouvelle.

« Mais… et le Seigneur ?

– Excuse-moi, mais j'en ai rien à foutre, du Seigneur. »

Rhonda réprima une grimace. « Je parlais de ton mari.

– Ah pardon… eh bien, il était gay lui aussi, et d'ailleurs, il est mort du sida. De même que le gentil garçon qui m'a confié Nilla avant de passer l'arme à gauche, et qu'une demi-douzaine de mes amis les plus proches aux États-Unis dont les parents, parce qu'ils étaient de trop bons chrétiens et qu'ils n'approuvaient pas le style de vie de leurs enfants, n'étaient pas à leur chevet à leur mort. Ils n'avaient pas un style de vie, Rhonda, mais une vie quand ils sont morts, avec son lot de mariages et de liens familiaux, exactement comme la tienne… bon peut-être pas exactement comme la tienne, mais… »

Elle s'interrompit en voyant Wilfred qui s'élançait hors de la cuisine, le plateau du thé dans les mains. Depuis combien de temps était-il là ? Avait-il entendu sa tirade ?

Il déposa le plateau sur la grande table en arborant son plus beau sourire.

« Ces dames voudraient-elles une tasse de thé ?

– Non, merci, répondit doucement Mona.

– Moi non plus, murmura Rhonda.

– En tout cas, il est servi, si jamais vous changez d'avis. Avec quelques jolis petits biscuits au fromage que j'ai découverts dans la cuisine. »

Mona fronça les sourcils. « Ils doivent dater de Mathusalem.

– Je les ai faits ce matin, intervint Rhonda.

– Vraiment ?

– Je voulais préparer des boules au bourbon, mais je n'ai pas trouvé de bourbon.

– Ouah ! Des boules au bourbon ! s'exclama Wilfred en se déhanchant et en haussant un sourcil. C'est ce que je préfère ! »

Sur ce, il quitta la pièce en roulant les fesses. Wilfred ne faisait jamais d'entrée théâtrale, mais il avait un sens de la sortie spectaculaire. Ce numéro très *camp,* qui lui ressemblait si peu, était sans doute sa façon de dire que Mona aurait dû l'inclure dans la liste des queers de la famille. Il avait choisi la provocation, mais Rhonda, fidèle à elle-même, ne semblait pas l'avoir remarqué.

« Ce garçon est si plein d'attentions.

– Je ne te le fais pas dire », répondit Mona.

Rhonda fronça les sourcils. « Est-ce que je peux me permettre de te demander… »

Mona sourit. « Oui, lui aussi. Lui surtout. »

Les sourcils de l'Américaine se froncèrent de plus belle. « Mais nous n'allons pas le perdre, n'est-ce pas ? »

Ce fut ce recours au « nous » qui toucha profondément Mona. En d'autres circonstances, elle aurait pu juger cela présomptueux, mais à ce moment précis, elle le ressentit comme un élan de solidarité entre sœurs. Des larmes lui piquèrent les yeux et elle se leva de la banquette pour se diriger vers la grande table, dont elle revint avec l'assiette de biscuits au fromage préparés par Rhonda.

« C'est tellement sympa d'avoir confectionné ces petits gâteaux, dit-elle en lui tendant l'assiette.

– Avec plaisir », dit Rhonda en en prenant un.

Mona reposa l'assiette et se rassit sur la banquette. « Wilfred va bien. Son test du mois dernier était négatif.

– Oh Dieu soit loué ! Je crois que je ne pourrais pas supporter d'apprendre… enfin, tu comprends…

– Oui, répondit Mona.

– Ce n'est sans doute pas à moi de le dire…

– Non, non, c'était très gentil à toi. »

Mona tourna la tête et regarda par la fenêtre pour mettre fin à cet échange embarrassant. M. Hargis était sur la pelouse, il se déplaçait en obéissant à une logique incompréhensible. Il tombait soudain en arrêt, regardait derrière lui comme s'il avait entendu un bruit suspect, ou qu'il se soit soudain rappelé quelque chose, avant de repartir pesamment dans une autre direction. C'était son habitude depuis plusieurs années déjà, depuis le décès de sa femme bien-aimée. Elspeth portait la culotte, et Mona se disait que, sans doute, il continuait à obéir à ses ordres. Sa façon à lui de ne pas se sentir seul dans son jardin.

11

D'homme à homme

Lachlan Hargis était sûr d'avoir aperçu une silhouette près de la maison du gardien. Le vieux gitan rôdait parfois autour pour s'assurer que la voie était libre, avant de s'avancer plus loin dans le domaine. Sous un certain angle, on ne le voyait pas, mais on distinguait son ombre sur le mur. Il y avait assurément quelqu'un, mais il n'aurait servi à rien de lui crier dessus. Lachlan avait depuis longtemps perdu la capacité de courir, si bien que l'intrus aurait déjà déguerpi avant qu'il réussisse à l'approcher. Il fallait employer la ruse. Et ne faire aucun bruit.

Il traversa la pelouse à pas furtifs, son sécateur à la main, jusqu'à se retrouver à quelques mètres du portail monumental. L'ombre était toujours là, progressant légèrement. Lachlan décida de l'interpeller :

« Qui va là ? »

La silhouette s'immobilisa.

« J'ai dit : qui va là ? »

L'homme qui finit par s'avancer vers lui n'était pas le vieux gitan mais un client. C'était le gentil monsieur américain qui avait emmené sa femme voir les jacinthes sauvages dans le bois.

« Oh, je vous demande pardon, dit Lachlan, je vous avais pris pour quelqu'un d'autre.

– Pas de problème, répondit l'homme.

– On se dégourdit un peu les jambes, n'est-ce pas… monsieur ? » Il ne se souvenait pas de son nom.

« S'il vous plaît, appelez-moi Ernie.

– C'est une question de respect. Je tiens aux traditions.

– Je l'ai bien senti quand nous nous sommes rencontrés. Moi aussi, j'y tiens. Il y a beaucoup trop de gens aujourd'hui qui ne connaissent plus les bonnes manières.

– C'est trop vrai, monsieur. C'est trop vrai.

– Comme je vous l'ai dit, je m'appelle Ernie. Je suis sûr que vous aussi vous devez avoir un beau prénom. »

Le jardinier ne se souvenait plus quand quelqu'un le lui avait demandé pour la dernière fois.

« C'est Lachlan.

– Lachlan. Un beau prénom, bien viril. Le prénom d'un homme à qui on peut se fier.

– Je crois que oui. Enfin, je l'espère.

– Vous êtes marié, Lachlan ? »

Il secoua la tête. « Plus aujourd'hui. Ma femme est morte, il y a quelques années.

– Elle était comment ? Une femme de caractère, j'imagine. »

Lachlan hocha doucement la tête. « C'est ce qu'on disait d'elle au village. » Il n'avait pas pensé dire quelque chose de drôle, mais Ernie rit tout de même.

« Des dures à cuire, déclara-t-il en se penchant vers le jardinier comme pour partager un secret. Voilà ce que sont les femmes. Elles se prétendent faibles et sans défense, mais c'est elles qui nous mènent à la baguette, pas vrai ? »

Lachlan sourit. Cela avait certainement été le cas pour

Elspeth et lui. Même morte, elle continuait à lui donner des instructions précises.

« J'ai besoin de votre aide, reprit Ernie. Mais d'abord il faut que je vous confie quelque chose. D'homme à homme. »

Lachlan lut dans les yeux d'Ernie qu'il y avait urgence.

« Je ferai de mon mieux, monsieur. »

12

C'est là, le hic

Un nouveau samedi ensoleillé s'annonçait, et Wilfred avait pris le train pour Londres. Mona éprouvait toujours une légère anxiété dans ces cas-là, même si elle savait que c'était parfaitement ridicule. Wilfred était un adulte désormais – vingt-six ans, nom de Dieu ! – et il n'avait aucun besoin d'une mère névrosée s'imaginant le pire, chaque fois qu'il mettait le pied hors de la maison.

« Est-ce que tu as continué à te faire du mouron pour tes gosses quand ils sont devenus grands ? »

Rhonda et elle se tenaient côte à côte devant l'évier. Elles lavaient et essuyaient une étagère entière de vaisselle. Rhonda, toujours diligente, y avait repéré quelques crottes de souris et elle était absolument déterminée à nettoyer toute assiette à portée de vue, et même celles qui n'étaient pas exposées.

« Encore aujourd'hui, répondit-elle. Surtout maintenant que… » Elle n'alla pas au bout de sa pensée.

« Maintenant que quoi ? »

Rhonda haussa les épaules. « Maintenant que je quitte leur père.

– Et quel est le rapport ?

– Eh bien, je suppose qu'ils l'aiment encore.

– Et ils ne t'aimeront plus si tu le quittes ? C'est grotesque. Ne me dis pas que tu penses faire machine arrière.

– Non, non. Ma décision est prise. J'ai appelé un avocat hier. Mais je trouve tout de même bizarre que les enfants n'aient pas eu de ses nouvelles. Ma sœur non plus, d'ailleurs. J'ai téléphoné au Dorchester, il n'est plus sur le registre. Il n'est pas impossible, je crois, qu'il ait tout simplement repris notre itinéraire initial. Il y avait un champ de bataille en France qu'il voulait absolument visiter.

– Une bonne partie de rigolade en perspective ! »

Rhonda lâcha un soupir exaspéré, mais apparemment Ernie n'en était pas la cause. Elle venait de repérer quelques nouvelles crottes et elle s'activait frénétiquement à en faire disparaître toute trace.

« Tu sais, elles finiront toujours par recommencer, dit Mona.

– Qui ?

– Les souris.

– Tu ne crains pas une inspection ?

– Ma foi non. Qui se donnerait cette peine ?

– Je ne sais pas. Les services sanitaires qui certifient que les manoirs sont conformes à la réglementation hôtelière.

– Je suis fière de pouvoir dire que nous n'avons jamais laissé entrer ici aucun employé du gouvernement Thatcher. »

Rhonda poussa un profond soupir. Mona cessa de frotter et lui adressa un sourire plein de compréhension.

« Ma pauvre amie. Tu croyais être entrée dans un roman de Barbara Cartland et tu te retrouves dans une maison pleine de crottes de souris et d'individus un peu tordus. »

Rhonda baissa les yeux vers l'assiette qu'elle était en train d'essuyer.

« Ne me fais pas dire ce que je n'ai pas dit, s'il te plaît.

– Mais c'est un peu ce que tu penses, non ?

– En fait, je mesure la chance que j'ai d'être ici. Tu es une belle personne, Mona. Tu ne veux pas le montrer, mais il y a beaucoup de bonté en toi. Franchement, je m'étonne un peu que tu ne sois pas avec quelqu'un.

– Quelqu'un ?

– Oui... un compagnon de voyage.

– Eh bien, Wilfred et moi avons passé des moments formidables à Brighton, l'an dernier.

– Je voulais dire... tu sais bien... quelqu'un qui partage ta vie.

– Ah, ça... Pourquoi te poses-tu la question ?

– Sans raison. Je me dis seulement que tout le monde devrait avoir un compagnon ou une compagne. Peu importe.

– Ah vraiment ? Et comment ça a marché pour toi, Mademoiselle Je-sais-tout ? »

Rhonda baissa la voix pour répondre : « Ah, voilà un de ces boulets de canon dont tu m'avais dit de me méfier...

– OK, désolée, mais l'idée c'est que nous ne sommes pas tous faits pour avoir un ou une partenaire unique.

– Mais tu ne te sens pas un peu seule ?

– Si, bien sûr. Parfois. Quand ça m'arrive, j'appelle une amie pour lui proposer de passer l'après-midi à se rouler dans le foin. Ensuite on s'offre un bon petit thé, et elle rentre dans son moulin avant la tombée du jour.

– Son quoi ?

– Elle vit dans un moulin à eau reconverti. Elle est du genre artiste. Du moins, c'est comme ça qu'elle se voit. Tu as déjà pu admirer certaines de ses calligraphies.

– Où donc ?

– "Easley House souhaite la bienvenue aux Blaylock" ?

– Les marque-places ! Absolument divins !

– Voilà toute la question. Elle est divine. Et pas moi. C'est là, le hic.

– Pardon, le "hic" ?

– C'est de Shakespeare. Ou de quelqu'un d'autre. Ça signifie "le problème", "le truc qui coince". Pour beaucoup, je suis une personne trop compliquée à vivre et… je me suis faite à cette idée.

– Je trouve ça très triste.

– Pourquoi ?

– Eh bien, que vas-tu faire quand Wilfred partira ?

– Il ne partira jamais. C'est lui l'héritier de ces pierres.

– Mais s'il rencontre quelqu'un ?

– Eh bien, ce garçon viendra vivre avec nous. Wilfred est aussi attaché à Easley que moi. Nous sommes une vraie famille ici, Rhonda. Pas biologique, mais logique. Ça fait sens parce que nous nous aimons.

– Je le perçois, effectivement.

– Parfait. Alors continue à le percevoir encore un peu. C'est bon de t'avoir chez nous. »

Rhonda la regarda et lui décocha un drôle de petit sourire. À l'évidence, le moment était lourd de significations, mais Mona, malgré tous ses efforts, ne parvint pas à le déchiffrer.

Quand elles eurent fini la vaisselle, Rhonda demanda s'il y avait d'autres choses à faire.

« Non, rien du tout, répondit Mona. Allons nous abreuver d'un peu de printemps. »

Elles firent lever Nilla, lovée sur la banquette de fenêtre, et sortirent dans le parc. Il faisait chaud et l'air embaumait.

Rhonda se tourna vers Mona.

« Tu sais ce qui me ferait plaisir ?

– Dis-moi.

– Je voudrais aller voir les jacinthes sauvages dans le bois.

– Mais je croyais que tu l'avais déjà fait avec… comment s'appelle-t-il déjà ?

– Précisément, j'aimerais y retourner maintenant que mon cœur n'est plus en train de se briser. »

Elles se dirigèrent donc vers le bois et prirent place sur le banc, qui semblait flotter tel un radeau sur une mer violette. Rhonda laissa échapper un léger soupir en s'asseyant.

« Tu sais, dit-elle, je vous ai imaginés, toi et ton mari, assis ensemble sur ce banc.

– Mais quelle drôle d'idée !

– Je suis une incorrigible romantique, je suppose. »

Mona hésita quelques secondes avant de tout déballer. « Mon mari et moi avons passé à peine un mois ensemble à Easley avant qu'il parte à San Francisco. Et il est resté là-bas… et il a attrapé le sida. Notre mariage avait été arrangé par une agence de Seattle. On m'a payée cinq mille dollars et remboursé les frais de voyage. Je ne l'aimais pas, mais j'ai fini par beaucoup l'apprécier, et je suis heureuse de lui avoir donné la chance de réaliser son rêve de vivre à San Francisco. Il voulait tellement quitter cet endroit.

– Dieu du ciel ! s'exclama Rhonda, complètement dépassée.

– Je me rends compte que ça fait beaucoup d'infos à digérer, mais c'est la vérité.

– Non, ce qui m'étonne c'est que quelqu'un puisse ne pas vouloir vivre ici.

– Eh bien, moi aussi, répondit Mona. Mais apparemment, on n'est pas nombreux. » Elle regarda Rhonda et lui sourit. « Tu voudrais nous aider à préparer la fête du solstice d'été ?

– J'adorerais ! Qu'est-ce que ça implique exactement ?

– Pas grand-chose. On se pique des fleurs dans les cheveux et on danse autour d'un feu de joie en buvant beaucoup de scrumpy. C'est une fête païenne très ancienne. »

Rhonda plissa le front. « Tu te rappelles que… je suis chrétienne.

– Parfait. On a une victime toute trouvée pour le sacrifice.

– Qu'est-ce que… ?

– Détends-toi. Ce n'est pas un être humain qu'on sacrifie, c'est une chèvre. Et tu ne seras pas obligée d'être à poil, si ça ne te tente pas. »

Rhonda finit par comprendre que Mona plaisantait. « Oh toi, alors !

– Oui. Oh moi, alors !

– Ça t'amuse de me faire tourner en bourrique ? »

En fait, oui, se dit Mona. *J'ai envie de te punir pour chaque blessure qu'ont infligée sans réfléchir, au nom de Jésus, les gens de ton espèce à ceux de la mienne. J'en ai ras le bol de ces conneries et tu vas payer pour ça, parce que je suis cette putain de lady Roughton et qu'ici, c'est moi qui suis aux commandes.*

Elle ne dit rien de tout ça, bien sûr. À la place, elle répondit par une question : « Est-ce que je ressemble vraiment à quelqu'un qui pourrait sacrifier une chèvre ?

– Non, reconnut Rhonda avec une tendresse étonnante. Tu es une femme très généreuse… et très belle.

– Bon, je n'irai pas jusque-là.

– Moi, si. »

Rhonda se rapprocha d'elle en glissant sur le banc, une lueur déterminée dans les yeux.

Mais qu'est-ce qui se passe, bon Dieu ? se demanda Mona.

13

L'Arbre à baise

La nuit gay londonienne faisait vibrer les quartiers Est depuis le temps où Wilfred vivait avec son ivrogne de père dans un squat à Nottingham Hill. À l'époque, il allait à Earl's Court pour rencontrer des garçons au Harpoon Louis ou au Coleherne. Mais aujourd'hui, une dizaine d'années plus tard, ça bougeait davantage à Soho. Le Comptons et le King Arms, et parfois l'Admiral Duncan, étaient ses endroits préférés. Ces trois bars étaient suffisamment proches pour qu'on aille à pied de l'un à l'autre, et Wilfred adorait la façon dont ce labyrinthe de ruelles, à mesure que la foule qui s'y pressait se densifiait, devenait quasiment piétonnier.

Comme d'habitude, il prit le métro jusqu'à Leicester Square pour rejoindre Soho en traversant Chinatown. Il humait avec délice la bonne odeur de levure des beignets à la crème qui s'échappait de la boulangerie chinoise, sur Newport Place. Parfois, ces effluves suffisaient à le satisfaire, mais ce soir-là il mourait d'envie de sentir la saveur sucrée et onctueuse sur sa langue. Il acheta un beignet au comptoir et le dévora dans la rue, où une vague de jeans virils partait déjà à l'assaut de Soho, dans la douceur nocturne de ce samedi printanier. L'air semblait chargé de la promesse de toute cette semence à répandre.

Il résolut d'aller d'abord au Comptons. Dans ce bar tout en longueur, les clients étaient disposés comme les mets d'un buffet, si bien que, en commandant votre bière à un bout de la salle, vous pouviez voir tout le monde et tout le monde pouvait vous voir. Il arrivait que cela présente des inconvénients, bien sûr, suivant les clients. Il se faisait parfois harceler par un type qu'il avait déjà repoussé un autre soir ; et parfois, l'espoir d'une soirée sympa était anéanti par un porteur de mauvaises nouvelles trop insistant : *On t'a dit que ce pauvre Reggie avait perdu la vue ? Que Tom Butterfield était mort la semaine dernière ?* Si vous n'aviez pas envie de bousiller votre soirée avant même d'avoir commencé à vous amuser, mieux valait parler à des inconnus qu'à des copains.

Il avait repéré un garçon particulièrement sexy à l'autre bout du bar. Sauf que ce n'était pas vraiment un inconnu. Ses cheveux noirs et ses yeux bleus lumineux lui étaient familiers, même si, malgré tous ses efforts, il ne parvenait pas à le replacer dans son panthéon de partenaires, réels ou imaginaires. Il sirotait sa bière en faisant mine de ne pas le regarder, quand soudain il se rappela. Il avait reluqué ce garçon nu sous la douche, il revoyait même l'eau dégoulinant sur son torse aussi lisse que la peau d'un dauphin.

Il descendit de son tabouret et se dirigea vers l'objet de son désir.

« Salut, dit-il en levant son pouce en signe d'admiration. "Sortez couverts, ou ne sortez pas." »

Déconcerté, le type se contenta de cligner des yeux.

« C'est pas toi dans cette pub à la télé ?

– Ah si… c'est bien moi. J'avais oublié le slogan. »

Au moins, maintenant, il souriait. Wilfred remarqua qu'il avait un accent américain.

« C'était super cool de tourner ce spot. Il faut absolument faire passer le message sur le sexe sans risque. »

Wilfred lui tendit la main.

« Wilfred.

– Scott, répondit l'autre en la lui serrant.

– Tu étais vraiment pas mal dans cette pub.

– Merci.

– J'en avais jamais vu aucune où deux garçons s'embrassaient.

– Eh bien, c'était sans doute la première. Du moins, c'est ce qu'on m'a dit. Qui sait ?

– C'était ton mec ? » s'enquit Wilfred d'un ton aussi léger que possible, sa question étant loin d'être innocente. Le partenaire à qui Scott roulait une pelle avait la peau aussi foncée que lui. Il ne pouvait s'empêcher de se demander s'il ne serait pas son type d'homme.

Mais Scott secoua la tête. « Non, c'était seulement un gars envoyé par l'agence de mannequins. On ne se connaissait pas.

– Alors comme ça, tu es mannequin, toi aussi ?

– Ouais.

– Ouah ! » *Parfait, Wilfred, rien de mieux pour avoir l'air d'un pauvre demeuré.*

Gêné, Scott baissa la tête. « Pas de quoi se relever la nuit.

– Ça doit quand même faciliter les rencontres.

– En fait, pour ce que j'en ai vu, la plupart des mannequins sont hétéros.

– Ah ouais ? C'est trop nul. Mais en tout cas, tu peux venir ici.

– Oui. J'aime beaucoup ce bar.

– Et tu aurais repéré quelque chose qui t'attire ? » Wilfred jouait des sourcils d'un air suggestif. « Je veux dire, ici, dans ton entourage immédiat ? »

Scott rit gentiment mais il déclina l'invitation. « En vérité, là tout de suite, j'attends mon mec.

– J'aurais dû m'en douter », répondit Wilfred, une nuance d'amertume dans la voix. Les beaux garçons avaient bien le droit d'être pris, mais ils pourraient au moins avoir la décence de ne pas traîner seuls dans un bar.

« On va aller dîner chez Balans, d'un instant à l'autre. »

Le restaurant sur le trottoir d'en face. Bonne excuse, se dit Wilfred. S'il ne mentait pas.

Un long et pénible silence s'ensuivit. Il remarqua que plusieurs clients autour du bar en fer à cheval avaient discrètement suivi leur échange. L'un d'eux affichait un sourire narquois. Était-ce parce qu'ils couraient tous après Scott sans jamais le moindre succès ? S'étaient-ils réjouis de son humiliation ?

« Bon, finit par dire Wilfred en reculant. J'ai un pote qui m'attend au Lord Nelson. »

Personne ne l'attendait au Lord Nelson, mais il lui sembla que c'était la seule sortie honorable.

« Merci encore pour le compliment, répondit Scott. À propos de la pub, je veux dire. »

Wilfred hocha la tête et se dirigea droit vers la porte.

Il erra sans but précis pendant un moment, jusqu'à ce qu'il repère une cabine téléphonique et prenne aussitôt une décision. Il sortit de son portefeuille une mini-serviette cocktail et composa le numéro qu'il y avait noté.

Une voix familière répondit : « Allô.

– Rodrigo ?

– Oui ?

– Wilfred Porter à l'appareil. »

Aucune réaction.

« On s'est rencontrés au Fridge, il y a quelques semaines.

– Désolé, mec, mais il me faudrait un peu plus de détails.

– J'habite dans le Gloucestershire. Tu m'as conduit à la gare, le lendemain matin.

– Ah oui, bien sûr. Comment ça va ?

– Pas mal, pas mal.

– Ça avait été une sacrée nuit, se souvint Rodrigo en riant. À moins que ce ne soit grâce à Denis la Malice. »

Denis la Malice, c'était le nom de l'ecstasy qu'ils avaient achetée et partagée au Fridge.

« J'ai un peu l'impression que c'était plus que ça. » *Hé, Wilfred, arrête d'avoir l'air si vulnérable. Les hommes en sont pas trop fans.*

« Tu es dans le Gloucestershire ?

– En fait, je suis à Soho… pas très loin de chez toi.

– Merde !

– Cache ta joie. »

Rodrigo rit de nouveau. « Non… enfin, je veux dire. J'aurais voulu que tu me préviennes. J'ai des plans pour ce soir.

– OK, pas de souci. J'aurais dû t'appeler plus tôt. »

De retour dans la rue, Wilfred songea à aller prendre un verre au Lord Nelson, mais y renonça parce que l'idée de draguer en vain un autre inconnu était plus qu'il ne pouvait supporter. Il avait envie de satisfaction immédiate par cette soirée de printemps si exceptionnellement chaude. Il voulait s'envoyer en l'air et rentrer chez lui sans faire d'histoires, et il n'y avait qu'une solution :

L'Arbre à baise.

Il faisait encore jour quand Wilfred sortit de l'ascenseur à la station Hampstead. Comme il était trop tôt pour se rendre au parc, il traversa la rue pour aller au William IV – un pub que les habitués appelaient le Willie[1]. Il commanda une bière au comptoir, puis il ressortit avec et se dirigea vers le camion à crêpes. Il en prit une au Nutella. Le Willie n'était plus que le fantôme du bar gay qu'il avait été – trop de fils à papa arrogants aujourd'hui –, mais cette crêperie sur roues l'attirait toujours irrésistiblement.

Il sirota lentement sa bière et, dès que le ciel se recouvrit du voile soyeux du crépuscule, il remonta Heath Street jusqu'à ce que les maisons cèdent la place à la lande. Le chatoyant triangle de Whitestone Pond aux eaux gris acier, le point le plus élevé de Londres, s'étendait devant lui, et son cœur se mit à battre plus fort parce que ça voulait dire que l'Arbre à baise n'était plus qu'à quelques minutes de marche, juste derrière le parking du Jack Straw's Castle.

Cet autre pub était une bâtisse jaune de deux étages avec

1. Un mot d'enfant qui désigne le pénis.

une façade crénelée évoquant les remparts d'un château fort. Wilfred n'y était jamais entré. Ce soir-là, comme d'habitude, il se dirigea vers le parking et le sentier si souvent foulé aux pieds qui descendait jusqu'au parc.

Le dédale d'arbres et d'épais buissons était déjà plongé dans la nuit. Il aperçut plusieurs hommes qui se rendaient vraisemblablement au même endroit que lui. Il ne pouvait y avoir aucune autre raison à leur présence ici. Ces bois abritaient déjà toute une communauté d'inconnus au visage grave, assoiffés de rencontres.

L'Arbre à baise s'élevait au milieu d'une clairière entourée de fourrés obscurs. Son tronc penchait presque jusqu'à terre, au point de constituer une sorte de chaise longue sur laquelle on pouvait s'appuyer pour échanger une branlette ou se pencher pour se faire sauter. En ce moment précis, rien de tout ça n'avait lieu, sans doute parce que, non loin de là, un colosse roux en short de gym vert et maillot blanc était occupé à installer une table pliante avec l'efficacité et la rapidité d'un vendeur de sablés à une fête paroissiale. En fait, il disposa dessus des préservatifs et des tubes de lubrifiant.

« N'hésite pas à te servir, beau gosse », lança-t-il en voyant Wilfred approcher.

Wilfred en prit un de chaque pour se montrer aimable.

« Allons, allons, t'en as besoin de beaucoup plus, je le sais. Et j'en ai plein. »

Wilfred sourit. « Merci, ça ira comme ça. » Il hésita une seconde, avant de demander : « Tu fais partie d'une organisation quelconque ? »

Le type exhiba un pin's sur son maillot. GMFA : le sigle

d'une association d'hommes gays luttant contre le sida. « On s'est dit qu'on ferait mieux d'aller au cœur de l'action.

– Ah, bien vu !

– Il faut qu'on crée un peu d'ambiance, cela dit. » Il attrapa sous la table un grand chandelier d'argent doté de six bougies qu'il se mit en devoir d'allumer avec un briquet. « Et voilà ! »

Wilfred était abasourdi. « Tu es sérieux ?

– Sérieux, ça sert à quoi ? C'est bien le problème pour pas mal de ces gars. Ils ont perdu la joie de vivre. Si on va se prosterner dans les bois devant la déesse bite, alors autant que ce soit une vraie fête ! »

Wilfred ricana. « T'as pas tort… »

L'homme alluma la dernière bougie et jeta un coup d'œil en direction de l'Arbre à baise où un dévot avait déjà baissé son pantalon et offrait aux regards des fesses rebondies aussi pâles que la lune. Tout près, trois ou quatre garçons s'étaient mis en cercle, serrés les uns contre les autres, et mataient leur équipement respectif.

« On dirait que la fête a commencé ! » dit l'homme, alors que l'un des garçons, ayant manifestement trouvé ce qu'il cherchait, tombait à genoux.

« Eh bien, dit Wilfred, je crois que je vais faire un petit tour.

– Vas-y. Et si tu te perds dans le noir, les bougies te guideront. »

Il se prend pour la grande prêtresse de ces bacchanales, pensa Wilfred, et cela lui parut plutôt attendrissant.

« Merci pour la capote », lança-t-il, même s'il savait qu'il ne s'en servirait sans doute pas. Adolescent, il avait été plutôt passif, parfois recto verso, mais l'épidémie l'avait poussé à se contenter de rapports oraux avec un bel entrain. La sagesse populaire voulait qu'on ne puisse pas attraper le sida en suçant, sauf si on avait des plaies ouvertes dans la bouche. Il vérifia donc, une fois de plus, l'état de ses muqueuses avec la langue, puis s'enfonça dans les bois pour chercher l'aventure.

Les sentiers qui descendaient au cœur de la lande constituaient un labyrinthe de tunnels et de culs-de-sac envahis de végétation, dont certains étaient déjà occupés. Le protocole n'était pas facile à saisir. Si plusieurs types s'étaient regroupés, parfois vous étiez le bienvenu, parfois non. Wilfred avait tendance à choisir les loups solitaires parce qu'un refus de leur part était moins humiliant. Quand ils vous repoussaient, vous pouviez toujours vous éloigner respectueusement sans avoir le sentiment d'avoir gâché la fête de quiconque.

Il n'était venu dans ces bois que trois ou quatre fois au fil des ans, mais la scène était restée imprimée dans sa mémoire comme un souvenir sensoriel : le va-et-vient des têtes dans l'ombre, les odeurs âcres des poppers et des feuilles en décomposition qui se mêlaient, les cris d'encouragement rauques des spectateurs quand quelqu'un était sur le point de jouir. Une bacchanale, d'accord, mais non sans un certain sentiment de sécurité, et même de communauté, ici, dans cette profonde forêt shakespearienne.

Il poursuivit son chemin, jusqu'à dénicher un coin tranquille qu'il pouvait considérer comme sien. Là, il s'adossa à un arbre et sortit son engin de sa braguette. Plusieurs types s'approchèrent. L'un d'eux tomba à genoux et lui fit une pipe, s'interrompant brièvement pour ouvrir un flacon de poppers et renifler un bon coup.

Un autre les observait en attendant de s'occuper à son tour de l'engin de Wilfred, qui lui fut offert, le moment venu, avec un sniff de poppers par le premier type – la moindre des choses quand on se partage un beau morceau.

Ce second gars se branla alors qu'il l'avait toujours en bouche. Le sperme gicla par terre et sur le jean de Wilfred. Dès qu'il se releva, le premier se remit en position. Wilfred aurait bien fait une pause, mais il aurait été impoli de lui refuser ce qu'il voulait, alors il le laissa faire pendant un moment, lâchant des gémissements de satisfaction, avant de reboutonner sa braguette, de remercier le type et de poursuivre son chemin. Il était décidé à rendre le même hommage à une autre queue.

Il en trouva une à moins de dix mètres de là : un engin remarquable, brandi à l'ombre des fourrés. Wilfred était si fasciné par sa circonférence et par la veine qui courait tout le long comme un torrent en crue qu'il ne leva même pas les yeux vers son propriétaire. Il s'approcha et soupesa le gourdin chaud dans sa main.

« Pas mal, murmura-t-il.

– Sers-toi », répondit l'autre.

C'est seulement à ce moment-là que Wilfred releva la tête pour découvrir son visage.

Et qu'il n'en vit aucun.

Il lâcha sa prise et s'enfuit en courant dans la nuit.

Il était hors d'haleine quand il finit par retrouver l'homme au chandelier. « Tout va bien ?

– Oui, ça va, répondit Wilfred. Je flippe un peu, c'est tout.

– Qu'est-ce qui t'arrive, mon joli ?

– Il y a un mec là-bas avec le visage complètement couvert.

– Comment ça ?

– Il porte… tu sais… un masque…

– Comme une cagoule de catcheur mexicain ? Avec des trous pour la bouche et les yeux ?

– Exactement. Ça m'a foutu une sacrée trouille ! »

L'homme eut un sourire énigmatique. « Pas étonnant. Mais c'est un brave type, crois-moi. Y a pas de danger.

– Alors, pourquoi il cache son visage ? Il a un problème avec ?

– D'une certaine façon, oui.

– C'est-à-dire ?

– Il veut seulement prendre son pied comme tout le monde.

– Et il ne peut pas parce que… ?

L'homme au chandelier sembla hésiter. « On change de sujet, d'accord ?

– Un visage connu, c'est ça ?

– Laisse tomber, mon beau. »

Wilfred eut un sourire narquois. « Est-ce que Charles trompe Diana ? »

L'homme s'esclaffa. « Petit insolent !

– Donne-moi un indice au moins !

– Je voudrais bien, mais je ne suis pas du genre à me livrer à des “murmures irréfléchis[1]”.

– Tu te fous de moi.

– Pas d’autre indice à te donner, désolé. »

Wilfred retourna la question dans sa tête pendant quelques secondes.

« Il habite pas loin d’ici, hein ?

– Hum… Avec un jardin qui ouvre sur Hampstead Heath.

– Ça alors ! Je l’adore ! »

L’homme eut un petit sourire en coin. « Je suppose que tu vas me planter là, maintenant !

– À charge de revanche », lança Wilfred avant de s’enfoncer à nouveau dans les bois.

Mais l’homme cagoulé avait disparu. Après le rejet de Wilfred, un partenaire de choix et son plus grand fan, la star internationale était apparemment allée chercher ailleurs.

Vraiment trop injuste !

Il téléphona à Mona depuis la gare.

« Où es-tu ? demanda-t-elle, une légère note d’inquiétude dans la voix.

– À Paddington. J’embarque dans dix minutes.

– Très bien. Je commençais à me faire du mouron.

– C’est bien pour ça que je t’appelle.

– Ta soirée s’est bien passée ?

1. Allusion à la première chanson en solo de George Michael, « Careless Whisper », où le chanteur parle d’un ami lui ayant révélé inconsidérément l’infidélité de sa compagne.

– Merdique. Une occasion manquée après l'autre. Mais devine avec qui j'ai failli m'envoyer en l'air ?

– Est-ce bien le genre de question qu'un fils pose à sa mère ? »

Wilfred éclata de rire. « Oui, si c'est moi le fils, et toi la mère.

– Au passage, tu m'expliqueras comment on peut "faillir s'envoyer en l'air".

– Pas facile, je le reconnais, mais j'ai réussi.

– Tu as l'air déçu. Tu l'es ?

– À fond. C'était George Michael.

– George Michael, le chanteur ?!

– En chair et en os.

– C'était ton idole à l'adolescence.

– Retourne pas le couteau dans la plaie, Mo.

– Eh bien, il ne sait pas ce qu'il a raté. Tu t'en rends compte, non ?

– Tu es trop mignonne, mais c'est pas lui qui m'a repoussé.

– C'est-à-dire ? »

Wilfred lâcha un gros soupir. « Difficile à expliquer. La soirée a été franchement bizarre. »

Mona gloussa. « Pas plus bizarre que la mienne, je parie. »

Il perçut quelque chose d'inquiétant dans sa voix. « Tu vas bien ? demanda-t-il.

– Oui, c'est seulement que Rhonda s'est conduite de façon étrange.

– Elle a essayé de te ramener à Jésus ?

– Pire que ça. Elle m'a fait du gringue.

– Quoi ? Me dis pas qu'elle est lesbythérienne ?

– On en reparlera plus tard. Tu veux que je vienne te chercher à la gare ?

– Non. Je vais prendre un taxi.

– D'accord, à tout de suite, Babycakes. »

Babycakes.

Le mot lui résonna dans la tête durant tout le trajet vers le Gloucestershire. Wilfred savait que c'était le surnom qu'elle donnait à Michael à San Francisco. Il l'avait d'ailleurs entendue l'utiliser quand ils avaient débarqué à Easley, dix ans auparavant, sans crier gare, lors d'un circuit touristique. Il avait même été un peu jaloux en découvrant la réalité d'une intimité qui témoignait d'une longue histoire commune. Il avait voulu connaître la même chose et aujourd'hui, sans se vanter, il pouvait dire qu'il avait réussi. Il savait aussi que c'était ridicule d'être si ému par un surnom affectueux. Mona avait fait de lui l'héritier d'un manoir ancestral. Quelle preuve supplémentaire d'amour maternel pouvait-il bien réclamer ?

Tout de même, « Babycakes » signifiait quelque chose d'important pour lui, et durant tout le trajet de retour dans ce wagon de plus en plus sombre, il lui sembla que ce mot tendre suivait le rythme ternaire du train sur les rails.

Babycakes, Babycakes, Babycakes…

14

Les inquiétudes d'une mère

Mona était déjà couchée quand le crissement des pneus sur le gravier lui annonça l'arrivée du taxi de Wilfred. Elle ne voulait pas donner l'impression d'avoir guetté son retour, et donc, après avoir entendu ses pas dans l'escalier, elle laissa passer cinq bonnes minutes avant de courir le voir.

« Toc toc », fit-elle devant sa porte. Elle se sentait toujours un peu ridicule de faire ça, mais on n'est jamais trop prudent. Il n'était peut-être pas seul après tout.

« Entrez, Madame la Comtesse. »

Il était déjà dans son lit – cette espèce de tente de sultan envahie de tapis d'Orient, installée sous les poutres – et il lisait, éclairé par une petite lampe à l'abat-jour couleur d'ambre. Son visage et ses épaules luisaient comme du bronze sous cette lumière. Mona approcha une chaise pour lui parler.

« Où l'as-tu rencontré ? Au Fridge ?

– Qui donc ?

– George Michael.

– Oh… non, en fait, je l'ai croisé dans les bois.

– À Hampstead Heath ?

– C'est ça.

– Après la tombée de la nuit ? »

Il acquiesça d'un haussement d'épaules.

« Sur la lande ou dans les fourrés ? »

Il sourit d'un air moqueur. « Tu veux que je te dessine une carte ?

– Je veux que tu me confirmes que tu ne prends aucun risque.

– Je te le promets, répondit-il en levant la main comme un scout qui prête allégeance. Je fais rien d'autre que tailler des pipes.

– Ce n'est pas ce que je te demande ! » Il commençait à la mettre en rogne. « Au cas où tu ne l'aurais pas remarqué, Wilfred, la chasse aux gays est ouverte depuis que l'article 28 a été voté. » Cinq ans plus tôt, le décret Thatcher contre « la promotion de l'homosexualité » avait provoqué une vague d'agressions contre les homosexuels dans tout le pays. « Mais il y a d'autres façons de se mettre en danger, tu sais ? Et l'une d'elles est de jouer à zizi-panpan dans les taillis, la nuit.

– Moins dangereux que tu le crois. J'ai plein de copains qui vont dans ce parc. Il y a même une table “safe sex” éclairée par un chandelier.

– Eh bien, voilà qui va certainement mettre en fuite ceux qui viennent casser du pédé. » Elle réfléchit un moment. « Tu peux m'expliquer ce qu'est une putain de table “safe sex” ?

– Tu sais bien… des brochures sur la question… et un carton de capotes si on veut baiser. »

Elle leva les yeux au ciel. « Et après, qu'est-ce qui se passe ? Tu files dans les bois pour aller te branler ? »

Nouveau sourire narquois de Wilfred. « Pourquoi tu tiens tellement à jouer les mères-la-vertu ?

– Parce que, Wilfred, une mère s'inquiète. » Elle ne put retenir une grimace en s'entendant prononcer ces mots. C'était exactement ce que sa propre mère lui disait quand elle l'appelait de Minneapolis pour prendre des nouvelles de sa fille prodigue hippie à San Francisco.

Parce que, Mona, une mère s'inquiète !

Voilà à qui elle risquait de ressembler – à cette bonne vieille Betty Ramsey, dans la série *I Love Lucy*, l'infernale agente immobilière, l'indéfectible soutien des républicains –, et elle décida par conséquent de changer de sujet.

« Qu'est-ce qu'il t'a dit ?

– Qui ? »

Elle désigna le poster de George Michael accroché à l'intérieur de la tente-lit de Wilfred. « Lui.

– Oh… » Il se mit à tripoter le bord de son édredon. « Pas grand-chose.

– Je suppose qu'il avait la bouche pleine à ce moment-là.

– Tu es trop bête.

– Navrée, dit-elle d'une voix calme.

– Tu veux des détails, c'est ça ?

– Un ou deux ne seraient pas de trop.

– T'en fais pas. Je suis parti en courant. Il m'a foutu la trouille.

– Pas vraiment ton genre, d'habitude.

– Il portait une cagoule de catcheur effrayante.

– Quoi ?

– Pour rester incognito, tu comprends.

– Mais alors comment tu sais que c'était lui, bon Dieu ?

– C'est l'homme au chandelier qui me l'a dit. »

Elle leva de nouveau les yeux au ciel en entendant cette phrase qui paraissait tout droit sortie d'*Alice au pays des merveilles.*

« T'avais qu'à être là, tant pis pour toi, grommela Wilfred.

– Je n'ai rien à faire là-bas. Et toi non plus, si tu veux mon avis. »

Elle pensait qu'il allait répondre du tac au tac, mais apparemment il cherchait ses mots. « J'ai seulement besoin… de plus d'hommes dans ma vie, Mo.

– Par paquets ? Dans les bois ?

– Des fois… oui.

– Et au milieu d'une épidémie, par-dessus le marché.

– Eh bien… oui, surtout maintenant, quand tous mes potes sont en train de crever et que le gouvernement nous traque. J'ai besoin de ma communauté. »

Elle lâcha un soupir exaspéré. « Et moi, j'ai besoin de mon fils. »

Il répondit par un sourire charmeur : « Il est là, Mo.

– Oui, mais il me le faut vivant. Sérieusement, Wilfred, sois prudent. Je n'ai que toi. »

Il réfléchit à cette phrase pendant quelques secondes. « Ça pourrait être différent.

– Tu veux dire quoi ?

– Rien d'autre que ce que je dis. Tu peux laisser entrer des gens dans ta vie. Tu as tellement peur que quelqu'un tombe amoureux de toi. »

Elle recula comme pour esquiver une gifle. « Ouah ! Et tu la tires d'où, cette idée ? »

Il haussa les épaules. « C'est ton fils qui te parle. Ce fils qui vit avec toi et qui observe certaines choses.

– Comme quoi ? »

Nouveau haussement d'épaules. « Comme toi et Poppy. Elle te demande juste de poser pour elle et tu pars en courant, sans intention de revenir sur tes pas. »

Elle sursauta. « Comment tu sais ça ? »

Wilfred hésita si longtemps qu'elle finit par répondre toute seule.

« Tu lui as parlé. »

Il hocha la tête. « Quelques mots seulement. Au village. Tu lui manques, Mo. Elle pense que tu l'as laissée tomber.

– Elle t'a raconté ça à la poste ?

– Non. Dans la rue. Chez l'épicier, plus exactement. On aurait dit qu'elle avait pleuré. »

Mona grinça des dents. La dernière chose dont elle avait besoin, c'était un témoin du désarroi de Poppy. Elle avait pensé rompre sans heurt, avec un minimum d'éclats, et voilà qu'à cause de son propre fils, par pur hasard, c'était devenu impossible.

« Qu'est-ce que tu lui as dit ?

– Presque rien. Je l'ai surtout écoutée.

– Merde. »

Un silence gêné s'installa, jusqu'à ce que Wilfred secoue la tête en disant : « Vraiment, je comprends pas.

– Tu ne comprends pas quoi ? » Elle devinait la suite, mais elle avait envie de voir comment il allait poursuivre.

« Cette fille est superbe et gentille comme tout. Elle te plaît. Le sexe est génial… à ce que j'entends depuis ma chambre. Elle possède même un joli petit moulin au bord d'une rivière. Qu'est-ce que tu lui reproches, putain ? »

Elle s'appliqua à lui répondre avec honnêteté.

« Je ne suis pas sûre, tu vois. C'est peut-être la différence d'âge. On n'appartient pas à la même espèce de goudous. Moi, je suis lesbienne par conviction politique et par désir. Elle, on dirait qu'elle a appris à l'être en étudiant les beaux-arts. Je pense que ça pourrait poser des problèmes au bout du compte. Elle est seulement un peu trop… comment dire ?… coincée. »

Nouveau sourire amusé. « On dirait pas quand on l'entend du bout du couloir.

– Est-ce qu'il va falloir qu'on te change de chambre ?

– Tu vas la faire revenir, alors ?

– La faire revenir ? Mais je ne l'ai jamais flanquée dehors !

– Alors appelle-la et dis-lui que t'es pas en rogne. Elle croit que tu veux plus d'elle, Mo. »

Mona dévisagea longuement son fils. « À quoi ça rime, tout ça ? Qu'est-ce qui t'intéresse tellement dans cette histoire ? »

Grand sourire, cette fois. « Ce qui m'intéresse, c'est que tu aies l'air de quelqu'un de bien. Ce que tu es, au fond, je le sais. »

Mona se releva et lui tira les orteils sous le drap. « N'en sois pas si sûr !

– Aucun doute, crois-moi. » Il reprit son livre. « Tu m'empêches d'avancer dans mon Stephen King. Pourquoi tu demandes pas au Jury de trancher la question ? »

Le Jury, comme ils l'appelaient, était composé de la dizaine de chauves-souris brunes à longues oreilles qui nichaient entre les poutres d'Easley House. Mona finissait parfois la journée en leur souhaitant une bonne nuit, un rituel qu'elle gardait rigoureusement pour elle parce qu'il aurait flanqué la frousse à la plupart de ses clients, y compris, elle en était certaine, Rhonda Blaylock. Le Jury était son petit secret. Ces chauves-souris lui apportaient un étrange réconfort, avec la constellation de leurs yeux brillants qui se tournaient vers elle pour la saluer quand elle pénétrait dans la caverne du grenier. Elles n'avaient pas peur de Mona, et Mona n'avait pas peur d'elles.

Ce soir-là, suspendus la tête en bas, leurs corps étaient éclairés par le clair de lune qui filtrait à travers la lucarne, au fond du grenier. Leurs immenses oreilles poilues, dont on disait qu'elles étaient capables de capter les mouvements d'une coccinelle sur une feuille d'arbre, étaient repliées sous leurs ailes. À son approche, les chauves-souris produisirent un léger bruissement et un petit claquement, mais elles ne quittèrent pas leur position habituelle.

« Ne vous levez pas. Ce n'est que moi. »

Nouveau bruissement d'ailes et claquement de langue, puis le silence retomba.

« Je me demandais seulement… ce que vous pensiez de Poppy. »

Silence complet.

« Eh bien, vous ne m'êtes pas d'un grand secours. »

Elle se dirigea vers la fenêtre et baissa les yeux vers la pelouse où elle aperçut une silhouette s'enfoncer dans l'ombre de la chapelle.

Ça ne pouvait être que M. Hargis, mais que faisait-il encore debout aussi tard ?

Elle laissa passer quelques minutes, puis redescendit l'escalier pour aller se coucher.

15

Je ne suis pas… gouine

Mona et Rhonda avaient pris l'habitude de prendre le petit déjeuner ensemble dans la cuisine. Rhonda se mettait généralement aux fourneaux, préparant une pile de pancakes gorgés de sirop d'érable, du bacon bien croustillant et des œufs brouillés. De temps à autre, mais pas très souvent, Mona insistait pour confectionner son porridge aux raisins secs afin que Rhonda se repose, et elle avait bien l'intention de le faire ce matin-là.

Mais quand elle poussa la porte battante, Rhonda n'était pas dans la cuisine.

Panne d'oreiller ? Il était plus de neuf heures et elle se levait toujours aux aurores.

Elle se dirigea vers la chambre de Rhonda. La porte était ouverte et le lit déjà fait. *A-t-elle seulement dormi là, la nuit dernière ?*

En retournant dans la grande salle, elle fredonna le nom de Rhonda dans l'escalier et attendit une réponse.

Rien.

Nilla fit son apparition au bas des marches, la tête penchée, comme si elle sentait que quelque chose ne tournait pas rond.

« Rhonda s'est envolée du nid, expliqua-t-elle tranquillement à la chienne. Tu veux qu'on se lance à sa recherche ? » Nilla était toujours partante, pourvu qu'on emploie le ton approprié.

Elles sortirent dans le jardin pour accomplir leur mission. Nilla paraissait modérément excitée et n'avait manifestement aucune idée de la piste à suivre.

Mona plaça ses mains en porte-voix et appela de nouveau Rhonda. Elle s'appliquait à ne pas paraître affolée. Rien qu'une joyeuse invitation à venir déjeuner. Elle ne devait pas laisser entendre sa peur croissante, son pressentiment que quelque chose de grave s'était produit. Et si c'était le cas ? Rhonda avait-elle sérieusement flippé après l'épisode de la veille ? Avait-elle lâché le guidon ?

Elle cria encore, plus fort cette fois : « RHONDAAA ! »

Finalement, une réponse lui parvint : « Là-haut ! » C'était la voix d'une enfant, timide et discrète.

Mona leva les yeux vers la colline.

« Dans la folie ?

– Oui.

– Ne bouge pas. J'arrive. »

Elle escalada les vieilles marches de pierre à toute allure et trouva Rhonda affalée sur une chaise longue, telle une poupée de chiffon complètement démoralisée.

« Que se passe-t-il ? demanda-t-elle.

– J'avais seulement besoin de me remettre les idées en place.

– Quelles idées ?

– À ton avis ? »

Rhonda approcha une chaise.

« Ce n'était qu'un baiser, Rhonda.

– Mais je ne veux pas que tu croies que… je suis… comme toi. »

C'était une sacrée gifle, et Mona eut un mouvement de recul.

« Oh non, bien sûr que non. Rien ne pourrait être pire que ça.

– Ce n'est pas ce que je voulais dire. Je souhaitais qu'il soit clair que…

– … que tu n'es pas gouine. »

Rhonda tressaillit. « Jamais je n'utiliserais un mot pareil.

– Et pourquoi pas ? C'est tout à fait celui qui convient. Je m'en sers sans arrêt. »

Un silence de plomb s'installa, jusqu'à ce que Mona reprenne :

« Pourquoi tu l'as fait alors ?

– Fait quoi ?

– M'embrasser, bon Dieu de merde !

– C'est que j'éprouvais tellement de… tendresse pour toi. Tu as fait tant de choses pour moi, Mona. Tu as été si généreuse.

– Je te demande pardon, mais ça ne m'a pas eu l'air d'un simple baiser de gratitude.

– J'embrasse fréquemment les dames de mon groupe de prière.

– Avec un petit coup de langue au passage ?

– Je n'ai pas fait ça ! »

En effet, ce n'était pas vrai. Mona avait conscience de tenter de se sortir de cette situation avec humour, d'essayer d'effacer sa gêne en rendant vulgaire ce qui s'était passé dans le bois. Il y avait eu en réalité quelque chose d'infiniment tendre et de perturbant à la fois, quelque chose de profondément émouvant. Elle savait avec certitude que les intentions de Rhonda étaient tout sauf sexuelles.

« Excuse-moi, j'ai très bien compris que tu n'étais pas en train de me draguer.

– Alors pourquoi t'es-tu raidie… et as-tu reculé ? »

Mona réfléchit un instant. « Je ne sais pas exactement. Tu m'as prise au dépourvu. J'ai baissé la garde.

– Mais qu'est-ce qui te poussait à être sur tes gardes ? »

Bonne question, songea Mona. L'éventualité que cette chrétienne désespérément provinciale puisse tomber amoureuse d'elle sans réserve ? Qu'était-elle censée faire de tout ça ?

« Allons prendre notre petit déjeuner. Je vais préparer mon porridge. »

Rhonda hésita quelques secondes et finit par dire : « Je crois que je ferais mieux de m'en aller.

– De t'en aller où ?

– Chez moi. À Tarboro.

– Jamais de la vie ! Mauvaise idée. Ça reviendrait à te jeter dans la gueule du loup.

– Mais non. Ma sœur y habite aussi. Je pourrais m'installer chez elle.

– Et puis il serait dans les parages, en plus, pas vrai ?

– Je n'en suis pas si sûre.

– Rhonda !

– Je dois faire face aux conséquences, Mona.

– Quelles conséquences ? Tu n'as rien fait de mal.

– Je n'ai nulle part ailleurs où aller.

– Tu n'as besoin d'aller nulle part. Je croyais te l'avoir dit clairement.

– Mais il faudra bien que je parte, un jour ou l'autre. Et pourquoi rester ici ? Je suis un fardeau pour toi, et tu as honte de moi.

– Qu'est-ce qui t'a mis une idée pareille dans la tête ?

– Allons, Mona. Pour toi, je suis une espèce de… péquenaude.

– Je ne pense rien de semblable !

– Alors pourquoi passes-tu ton temps à te moquer de Tarboro ? »

Mona lâcha un soupir exaspéré. « Rhonda, la personne que tu es et l'endroit d'où tu viens, ça fait deux. »

Rhonda leva les yeux vers elle. Des larmes coulaient en abondance sur ses pommettes cherokees. « Je suis qui, moi, alors ? »

C'était toute la question, n'est-ce pas ? Cette femme avait vécu pendant trente ans avec une brute épaisse qui l'avait écrasée, et elle n'était plus rien.

« Rhonda, tu es une belle personne et tu mérites d'avoir une bonne vie. » Mona lui prit le visage entre ses mains.

« Mais tu préférerais que je m'en aille. »

Mona secoua gentiment la tête. « Crois-moi, je sais très bien dire aux gens quand il est temps pour eux de décamper.

– Mais avec ce baiser, je t'ai mise dans une situation gênante et je ne vois pas comment nous pourrions revenir au temps où…

– Rhonda, putain de merde ! Je vais te montrer combien

je me suis sentie gênée ! » Elle attira à elle le visage de Rhonda et lui plaqua un long baiser sur les lèvres. Puis, en se relevant, elle ajouta : « Et maintenant, allons prendre ce petit déjeuner, espèce de bécasse ! »

Dans la cuisine, elles s'adonnèrent au rituel du petit déjeuner : Mona prépara le porridge et Rhonda découpa des pêches pour composer une salade de fruits. Ni l'une ni l'autre ne leva une seconde le nez de sa tâche.

« Nous n'avons presque plus de cassonade. Je sais que tu préfères ça au sucre.

– Hum… je vais demander à Wilfred d'aller en acheter au village.

– Ces pêches m'ont l'air délicieuses.

– C'est le début de la saison. Et l'épicier m'aime bien. »

Rhonda se retourna vers elle et lui sourit. « J'imagine que tout le monde t'aime bien.

– Oh, détrompe-toi. Il y a une femme à deux villages d'ici qui me voue une haine farouche. »

Rhonda fronça les sourcils. « Mais pourquoi ? »

Mona haussa les épaules. « C'est une garce de cul-serré qui veut acheter cette maison, et moi je refuse de la vendre.

– Qu'est-ce que ça veut dire ?

– Qu'est-ce que quoi veut dire ?

– “Cul-serré”.

– Ah, je vois… » Mona ne put s'empêcher de sourire. Après dix ans passés en Angleterre, ce mot un peu désuet lui était venu spontanément. « Ça signifie qu'elle est snob, coincée. C'est aussi une affreuse raciste qui refuse d'adresser la parole à Wilfred. Attends un peu qu'elle apprenne que je compte lui léguer le manoir. »

Rhonda paraissait embarrassée. Peut-être, pensa Mona, parce qu'elle avait elle-même passé trente ans avec un mari affreusement raciste. Jetant un regard circulaire dans la pièce, Rhonda changea de sujet.

« Où est passée Nilla ? Elle reste toujours avec nous au petit déjeuner.

– Bonne question. Elle m'a accompagnée quand je suis partie à ta recherche, mais je ne crois pas qu'elle ait grimpé jusqu'à la folie.

– Ce n'est pas dans ses habitudes de manquer le petit déjeuner.

– Elle doit être en train de pourchasser un lapin. Elle se laisse distraire si facilement.

– Mais est-ce qu'elle n'aboie pas dans ces cas-là ? »

Ce n'était pas faux. Nilla avait une grande gueule et elle s'en servait à chaque occasion. On ne l'avait pas entendue de la matinée.

« Elle ne va pas tarder à réapparaître », la rassura Mona.

16

Irrécupérable

Ernie se réveillait d'ordinaire quand le soleil frappait le vitrail et lançait ses flèches de lumière colorée dans la chapelle. Ce vitrail représentait Jésus, et pour Ernie, c'était une vraie bénédiction de sortir ainsi du sommeil. Peu importait que le reste de la chapelle soit laissé à l'abandon, avec des piles de missels moisis, des outils de jardin rouillés et Dieu sait quoi d'autre sous cette bâche vert-de-gris. Il fallait s'attendre à pareil sacrilège de la part de la femme impie qui régnait sur ces lieux. À en croire Lachlan, la dernière fois qu'elle avait mis les pieds dans la chapelle, c'était le jour où elle avait épousé lord Teddy, dix ans auparavant. Elle était vraiment irrécupérable.

Lachlan paraissait un peu limité, mais il s'était rendu très utile. Après qu'Ernie lui eut expliqué son problème – il aimait tendrement sa femme et était décidé à la reconquérir, mais il lui fallait un moyen de rester sur le domaine, le temps d'y parvenir –, le jardinier s'était montré tout à fait compréhensif. Il croyait par-dessus tout à l'amour, avait-il expliqué, et avait à cœur d'aider son prochain.

Et donc, Ernie se cachait dans la chapelle, à moins de cinquante mètres du manoir, derrière un épais bouquet d'arbres.

Il pouvait aller et venir sans risquer d'être vu, et il descendait même au village pour se ravitailler. Lachlan lui avait installé un lit de fortune avec deux vieux bancs, des draps et des couvertures récupérés dans la maison. Personne ne venait jamais dans cette chapelle, il était par conséquent en sécurité.

Depuis qu'il était là, il n'avait vu Rhonda qu'une fois. Elle gravissait la colline jusqu'à la folie, mais même de loin, il était sûr que c'était elle. Et à ce moment-là, il avait mesuré à quel point elle l'avait trahi et il avait pris conscience de la manière dont il allait devoir gérer la situation. Il ne l'avait pas aimée et soutenue financièrement durant toutes ces années pour être aussi facilement rejeté. Elle allait payer pour ça. Et cher, qui plus est.

« Hein que j'ai raison, ma fille ? »

La grosse chienne jaune qui dormait à côté de lui remua et l'embrassa aussitôt sur la bouche.

« Hé, fais gaffe. Ta maîtresse pourrait être jalouse. »

Il lui secoua énergiquement le museau. « Mais tu préfères être ici avec moi, pas vrai ? »

Nilla se leva et s'étira.

« Tu t'en vas ? demanda Ernie qui connaissait déjà la réponse. Comme tu veux, mademoiselle. Mais tu ne lui dis rien, d'accord ? »

17

Le jour parfait

Poppy avait passé la matinée dans son agréable jardin clos à regarder le ruisseau scintiller et ondoyer. L'été battait son plein, maintenant. Au moins, tant qu'il ne déciderait pas, par pur caprice, de disparaître. Le temps était comme ça dans le Gloucestershire : on ne pouvait pas lui faire confiance.

Pour l'heure, elle paressait sur son transat, profitant du soleil tant qu'il était là. En ce moment précis, elle était absorbée par le dernier roman de Maeve Binchy, ou plus exactement, le dernier livre de Maeve Binchy était posé sur son ventre, tandis qu'elle se laissait glisser dans une douce torpeur, comme sous un édredon bien chaud. La sonnerie du téléphone qui retentit dans la maison lui causa une telle surprise qu'elle décida de ne pas répondre. C'était presque sans aucun doute un collègue de la poste qui allait la déranger avec une question ou une autre, et elle ne voulait pas rompre le charme d'un tel bien-être.

Mais le téléphone continuait de sonner.

Elle s'extirpa péniblement de son transat et alla décrocher.

« Oui !

– Poppy ?

– Oui.

– C'est Mona.

– Ah », répondit Poppy sans enthousiasme. *Elle doit avoir besoin de mes talents de calligraphe,* se dit-elle aussitôt. *Elle reçoit sûrement de riches Américains qu'elle veut impressionner avec un beau menu.*

« Écoute, je me suis conduite comme une tête de mule, la dernière fois qu'on s'est parlé. »

Ne sachant quoi répondre à ça, Poppy garda le silence.

« C'était un mauvais jour pour moi et j'aurais dû reconnaître que tu me faisais une grande faveur en me demandant de prendre la place de Lizzie Siddal… et puis je me suis rendu compte qu'on pourrait pas mal s'amuser en menant à bien ton projet. Alors, bon Dieu, pourquoi pas ? Quelle importance au fond ? Tout le Gloucestershire parle déjà de moi, de toute façon. On peut aussi bien leur en donner pour leur argent. »

Poppy n'était pas certaine de comprendre. « Est-ce que ça veut dire que…

– Oui, je vais me coucher dans ton putain de ruisseau, mam'zelle. Aussi longtemps que tu en auras besoin. Je sais déjà ce que tu es capable de réaliser artistiquement, alors fonce, mademoiselle Gallagher. Je suis à ta disposition. »

Poppy sentit un frisson la traverser, bien plus agréable que n'importe quelle page de Maeve Binchy.

« Tu es sûre ?

– Je n'en ai pas l'air ?

– Eh bien… quand ?

– Qu'est-ce que tu dirais d'aujourd'hui ? »

Poppy n'en croyait pas ses oreilles. Tout allait trop vite.

« Tu as fumé, Mona ?

– Il faut que je passe un test antidopage pour que tu me donnes ce boulot ?

– Bien sûr que non. Je me demandais seulement... » Poppy s'interrompit. Elle ne pensait plus jamais avoir de nouvelles de Mona, alors pourquoi tenter le diable en cherchant des raisons à son revirement ? Surtout, son rêve de rendre un hommage artistique durable à Lizzie Siddal semblait en passe de devenir réalité.

« Tu as besoin de temps pour rassembler des choses ? demanda Mona.

– Des choses ?

– La robe, la combinaison de plongée, les fleurs pour le bouquet ?

– Non, en fait, j'ai tout sous la main. »

C'était un peu gênant de le reconnaître, parce que c'était le cas depuis longtemps. Elle avait acheté la robe et la combinaison dans sa friperie préférée à Stow, quelques jours seulement avant que Mona ne l'envoie bouler.

« Tu veux que je vienne tout de suite ?

– Pourquoi pas, répondit Polly d'un ton qu'elle voulait désinvolte. C'est le jour parfait. »

Mona débarqua dans sa Toyota cabossée alors que Poppy cueillait des fleurs dans son jardin. Quand elle passa le portail, Poppy mit un genou à terre et déclara : « Votre bouquet, gente dame !

– Tu n'aurais pas dû, répliqua Mona d'un ton si sec et si dénué d'émotion que Poppy fut convaincue qu'elle parlait sérieusement.

– Désolée. Une mauvaise plaisanterie. Ce bouquet n'est rien qu'un accessoire. »

Mona fouilla dans son sac de courses. « Je nous ai pris des sandwichs au salon de thé. »

Poppy en fut surprise et touchée. Ce n'était pas dans les habitudes de Mona. En plus, c'étaient des sandwichs du Couronnement au poulet, les mêmes que ceux qu'elles avaient commandés au Boscobel avant que les choses ne s'enveniment. Cela signifiait-il qu'elle voulait repartir du bon pied ?

« C'est très gentil, mais est-ce que ce ne serait pas mieux d'attendre d'avoir pris les photos ? »

Mona eut un petit sourire. « Tu crois que je ne tiendrai plus dans mon costume après avoir mangé un sandwich ?

– Non ! Je voulais seulement…

– D'ailleurs où est-il ? »

Poppy se précipita vers la malle posée sous une fenêtre, en tira la robe qu'elle avait dénichée à la friperie et la présenta à Mona sur ses bras tendus, comme une vendeuse le ferait pour une cliente importante.

« Ce n'est pas exactement celle du tableau, bien sûr, mais elle est faite dans un tissu moiré et diaphane, et une fois plongée dans l'eau, je pense que l'effet sera magnifique.

– Je crois aussi. »

Poppy lui décocha un regard en coin.

« Quoi ? demanda Mona.

– J'ai parfois du mal à savoir si tu es sincère.

– Je sais… et j'en suis désolée. J'y travaille. Ce n'est pas bien de me comporter comme ça si nous devons être… plus proches. »

Poppy se sentit devenir rouge comme une pivoine.

« En tout cas, voici la combinaison de plongée. Pas très glamour, mais évidemment, elle ne se verra pas. C'est uniquement pour garder ta poitrine au chaud.

– Eh bien, dit Mona, cette fois nous y sommes. »

Sur ce, elle se débarrassa de son jean et de sa chemise de cow-boy. Libérés, ses seins lourds pendirent quelques secondes sur son torse. Poppy profita du spectacle jusqu'à ce que la combinaison les maintienne de nouveau. Ensuite, elle aida Mona à enfiler la robe en la lui faisant passer par la tête, puis tira légèrement dessus pour la mettre bien en place.

« Ça va être parfait, dit-elle en reculant pour juger de l'effet produit.

– Je veux voir ce que ça donne. Où est ton miroir ?

– Mais enfin, tu as dit que tu me faisais confiance.

– Ce qui signifie "boucle-la et laisse l'artiste faire son boulot" ? »

Poppy répondit avec un sourire : « En gros, oui. »

Mona éclata de rire et laissa Poppy l'emmener vers le ruisseau, jusqu'à un tunnel de verdure luxuriante qui ressemblait à peu près à celui du tableau, avec quelques taches de bleu, ici ou là. Millais, lui, n'avait pas installé Lizzie dans un ruisseau, elle avait posé dans la baignoire de son atelier, Poppy faisait donc déjà mieux que lui en ramenant la scène dans un décor naturel. Elle allait utiliser un vieux Rolleiflex qu'elle avait déniché dans un magasin d'antiquités à Cheltenham. Elle adorait l'idée de devoir se pencher au-dessus de ce vénérable appareil photo pour cadrer l'image. Il y avait là quelque chose de très artistique.

Toutefois, faire s'allonger Mona dans les remous peu

profonds du ruisseau se révéla être une opération pour le moins délicate.

« Putain ! s'écria-t-elle presque aussitôt.

– Que se passe-t-il ?

– J'ai un gros galet sous le cul.

– Tu ne peux pas le déplacer ?

– Quoi ? Le galet ou mon cul ? »

Poppy pouffa de rire. « Fais au mieux. Je veux que tu sois à ton aise. Ce qu'on recherche, c'est une expression presque aérienne sur ton visage. »

Mona grommela et retira la pierre de sous ses fesses. « Ah, ça va mieux !

– Parfait. Maintenant je veux que tu te laisses aller en arrière et que tu sentes la caresse de l'eau. Tu pars à la dérive sur la rivière…

– J'espère bien que non !

– Mais non, sur la photo seulement… et tu tiens ce joli bouquet de fleurs… oh bon Dieu de merde !

– Quoi ?

– On l'a oublié.

– Quoi donc ?

– Le bouquet. Je reviens tout de suite. »

Et elle se rua vers la maison, reprit le bouquet là où elle l'avait laissé, et revint en courant. Elle s'attendait presque à trouver Mona sur la berge, agitée comme un boisseau de puces, mais elle flottait toujours dans l'eau, le visage tourné vers le ciel.

« Tout va bien ?

– Je m'applique à avoir l'air aérienne », répliqua Mona.

Poppy s'agenouilla sur la berge pour lui tendre le bouquet.

« Voilà, tu le tiens bien serré dans ta main droite et tu lèves la gauche. Tu te rappelles la carte postale ?

– Oui, je crois.

– Formidable. On dirait que tu as fait ça toute ta vie, ma belle. »

Elle se pencha pour libérer les cheveux de Mona dans le courant.

« Mais qu'est-ce que tu…

– Chut ! » fit-elle en posant les doigts sur les lèvres de son modèle.

C'était bizarre pour elle d'être ainsi aux manettes. Ça ne lui déplaisait pas.

Elle arrangea les boucles jusqu'à obtenir exactement l'effet désiré : un éventail de cheveux auburn, déployé dans l'eau du ruisseau. Mona, immobile, se laissait faire. Un léger sourire se dessina sur ses lèvres, qui semblait signifier quelque chose.

« Oui ? dit Poppy.

– Rien. Je me sens seulement… heureuse. »

Pas étonnant qu'elle ait buté sur ce mot, songea Poppy. *Elle l'emploie si rarement.* Elle lui avait même paru absolument résolue à ne jamais l'utiliser. Cette femme si belle, passionnée, mais au caractère impossible, se rendait-elle enfin compte que l'amour n'était pas autre chose que des yeux qui vous voyaient telle que vous étiez vraiment ?

« Tu te sens à l'aise dans cette combinaison ?

– Tout à fait, répondit Mona. Surtout maintenant que j'ai pissé dedans. »

Poppy éclata de rire et alla chercher son Rolleiflex.

18

À l'autre bout du monde

Anna Madrigal faisait rarement des cauchemars, mais celui-ci avait été particulièrement frappant. Lorsqu'elle se réveilla dans sa maison de Barbary Lane, une image lui restait en tête, qui la poursuivit jusqu'au petit déjeuner et même après. Une tentative de désherbage frénétique n'arrangea pas beaucoup les choses, alors elle jeta l'éponge et appela Michael Tolliver.

« Tu vas me trouver bête, commença-t-elle.

– Jamais de la vie.

– Je suis sûre que ce n'est rien… mais je me fais beaucoup de souci pour Mona, ces derniers temps.

– Je ne vois rien de bête là-dedans. Tout le monde s'inquiète pour elle.

– J'ai fait un cauchemar la nuit dernière. Elle se noyait dans une rivière.

– Quoi ?

– Elle était allongée sur le dos et l'eau montait… Tout était si net, si réaliste… et terrible.

– Je n'en doute pas, mais…

– Je sais bien qu'elle ne se noyait pas pour de bon. Ce n'était qu'un rêve d'angoisse. Mais je n'arrive pas à chasser l'idée qu'il s'est passé quelque chose là-bas. Ça reste très vrai pour moi.

– Eh bien, tu sais… il y a une bonne façon de t'en assurer.

– On se parle sans arrêt au téléphone, on s'est appelées pas plus tard que…

– Non, je veux dire, rends-lui une petite visite. Tu peux venir avec moi, je pars la voir la semaine prochaine.

– Oh mon Dieu, les voyages ne me valent plus rien depuis quelque temps !

– Alors tu as décidé de ne plus jamais la revoir ? »

Elle se sentit blessée. « Je trouve que c'est une manière un peu rude de dire les choses.

– Excuse-moi. C'est seulement que je ne comprends pas. Je vais tout organiser pour que ce soit simple pour toi. On se prendra une voiturette électrique pour circuler dans l'aéroport.

– Thack et toi n'avez pas besoin de ce genre de fardeau.

– Thack ne vient pas.

– Il ne vient pas ?

– Non.

– Quel dommage !

– Vraiment ? »

Elle ne répondit pas. Elle savait qu'il essayait de lui tirer les vers du nez.

« Tu ne l'aimes pas beaucoup, hein ? »

Elle hésita.

« Pas de problème. Je ne l'aime pas beaucoup non plus, ces temps-ci. Toute cette colère en lui me paraissait exaltante. Aujourd'hui, elle me fatigue. »

Elle lâcha un petit murmure pour lui montrer qu'elle comprenait exactement ce qu'il voulait dire.

« Bon, en tout cas… viens avec moi rendre visite à Mona, la personne que nous aimons tous les deux le plus au monde. Et à Wilfred, ton petit-fils. Tu ne l'as jamais vu et c'est déjà un adulte magnifique. Quant à ce manoir, c'est un endroit absolument incroyable. Allons, ma petite dame, ne vous faites pas prier. »

Anna songea que les rôles s'étaient inversés de façon intéressante. Dix ans plus tôt, c'était Michael qu'il avait fallu convaincre d'aller en Angleterre. Elle lui avait même donné mille dollars pour qu'il fasse la fête là-bas, elle avait senti qu'il avait désespérément besoin d'une nouvelle aventure après avoir supporté la maladie puis la mort de Jon. Et s'il n'y était pas allé, il n'aurait jamais retrouvé Mona et constaté quelle vie merveilleuse elle s'était construite.

« D'accord, mais pas question de voiturette électrique. »

Michael s'esclaffa. « Qui va le lui dire ?

– Lui dire quoi ?

– Que tu viens. »

Anna réfléchit un moment. « Et si on lui faisait la surprise ?

– Ça lui plairait, tu crois ?

– Écoute, elle me demande sans arrêt de venir la voir. Je ne vois pas pourquoi elle ne serait pas folle de joie si j'apparaissais comme par enchantement sur le seuil de son manoir. »

C'était une belle journée ensoleillée, et après son petit déjeuner, elle sortit dans le patio et s'installa dans un transat.

L'image qui avait hanté ses rêves, la nuit passée, s'était déjà volatilisée comme une chimère qui ne reviendrait plus. Comprendre pourquoi elle avait évité sa fille depuis son départ pour l'Angleterre était une question plus préoccupante. Ce n'était certainement pas parce qu'elle l'aimait moins depuis qu'elle vivait à l'autre bout du monde. Au contraire, leur amour était devenu plus intense en s'exprimant par lettres ou au téléphone. Avait-elle craint de voir Mona dans son nouvel univers, avec de nouveaux amis et de nouveaux ennemis gravitant autour d'elle ? Et si elle avait changé ? N'essayait-elle pas seulement, elle-même, de sauvegarder un souvenir ancien de sa fille prodigue ? Et ne valait-il pas mieux ne pas savoir qu'elle n'était plus la même ?

C'était ridicule. Comment Mona pourrait-elle avoir changé du tout au tout ? Elle l'avait vue en personne, cinq ans plus tôt, quand celle-ci avait loué une villa en Grèce, à Lesbos, et invité Anna à la rejoindre pendant un mois. C'était la toute fin de l'été, une période toujours merveilleuse où la pluie venait enfin laver la poussière, et où la boîte de nuit au pied de la colline, qui les avait pilonnées de chansons de Madonna, avait enfin fermé. Mona avait rencontré des filles qui lui plaisaient, sur cette île qui avait vu naître Sappho, et Anna avait connu une passion inattendue avec un petit monsieur très courtois nommé Stratos qui aurait pu être une bonne raison de rester si elle n'en avait pas eu une autre plus importante de partir. À ce moment-là, tout le monde pensait que Michael allait mourir.

Mais il avait survécu, et voilà qu'elle allait s'envoler pour l'Angleterre avec un Michael encore plein d'énergie. La mort est sans doute l'issue de tout, mais elle peut parfois – et c'est heureux – ne pas être ponctuelle au rendez-vous.

Bien. De quoi allait-elle avoir besoin pour ce séjour au manoir ? D'un élégant chapeau cloche ? D'un nouveau caftan ? Il lui plaisait de penser à tout ça parce que cela signifiait qu'une nouvelle aventure commençait et que, même si elle répugnait à le reconnaître, elle en ressentait la nécessité depuis un bon moment. On pouvait finir par trouver le temps long, même à Barbary Lane.

19

Une sérénité inhabituelle

Mona et Rhonda passèrent la matinée à faire du ménage dans la grande salle. De nouveaux clients allaient arriver – un jeune couple de Manchester en voyage de noces – et la maison avait bien besoin d'un bon coup de propre. En tout cas, c'était ce que pensait Rhonda.

« Je crois que les souris sont de retour, dit-elle en brandissant un balai comme une arme de guerre.

– À mon avis, elles ne sont jamais parties, répondit Mona.

– C'est décourageant.

– Tu trouves aussi ? Voilà pourquoi j'ai renoncé à me battre contre elles, il y a plusieurs années.

– Tu es affreuse ! »

Mona lui décocha un large sourire. « Cette maison a depuis longtemps besoin d'une femme au foyer. »

Sur ce, Wilfred déboula de l'escalier.

« Tu es en train de mettre Rhonda au boulot ?

– Elle a proposé ses services. Elle a même insisté.

– C'est tout à fait vrai », intervint Rhonda.

Wilfred regarda sa mère. « C'est ce qui te donne cet air de ravi de la crèche ?

– Moi ? Mais pas du tout. Pourquoi tu dis ça ?

– Je sais pas. Il y a comme une absence de tension sur ton visage. Comme si la vie te faisait d'un seul coup moins peur.

– J'ignore où tu vas chercher une idée pareille. La vie continue à me foutre une trouille bleue. Maintenant, rends-toi utile et va préparer la chambre de nos jeunes mariés. »

Wilfred fit une petite courbette. « Les pétales de rose habituels, milady ?

– Ce qui te semblera le mieux. »

Elle détestait qu'il l'ait percée à jour si facilement, que son expression ait trahi quelque chose du sentiment lumineux d'épanouissement qu'elle commençait à éprouver au fond d'elle-même. Et ce depuis le jour où elle avait été plongée dans le ruisseau de Poppy. Une sérénité inhabituelle, comme si elle était en paix avec le monde. Il lui avait été facile auparavant d'enfermer Poppy dans le rôle de partenaire occasionnelle – un plan cul, aurait dit Michael –, mais les choses avaient changé. Et ce changement, elle le sentait jusque dans ses os.

Plus tard dans la matinée, le téléphone sonna, c'était Poppy, et le cœur de Mona bondit dans sa poitrine.

Absurde. Son cœur ne bondissait jamais.

« Bonjour, ma douce. »

Même ce stupide mot tendre ne lui paraissait plus ridicule, à présent.

« Salut.

– J'ai quelque chose de joli à te montrer.

– Ah oui ?

– J'ai fait un tirage de la photo.

– Oh ! Celle d'une vieille mamie qui s'est noyée dans un ruisseau.

– Arrête un peu. Elle est magnifique. Tu peux passer chez moi cet après-midi ? »

Mona réfléchit quelques secondes. « On a un couple de jeunes mariés qui débarque, mais je suis sûre que Wilfred et Rhonda peuvent se débrouiller sans moi.

– Génial. Quand ?

– D'ici une demi-heure.

– Je ne bouge pas. »

Mona se précipita dans la grande salle où Wilfred et Rhonda disposaient dans des vases des pivoines roses que M. Hargis avait cueillies dans le jardin.

« Écoutez, ma bande. Il faut que je m'absente pendant quelques heures. Vous pouvez garder la boutique à ma place si les tourtereaux arrivent ?

– Bien sûr, répondit Rhonda.

– Pas de problème, renchérit Wilfred. Où tu vas ? »

Elle décida qu'il valait mieux ne pas mentir. « Chez Poppy, tout simplement.

– Je vois, dit Wilfred avec un petit sourire en coin. La calligraphie. »

Elle lui lança un regard furieux. « Je ne serai pas longue.

– Prends tout ton temps, répliqua-t-il. On gère. »

Parfois, elle avait envie de l'assommer.

En poussant la porte du moulin de Poppy, Mona découvrit un nouveau bouquet de pois de senteur dans un vase posé sur la table, près de la fenêtre. Cependant, une autre odeur embaumait l'air, ce qui laissait penser que la jeune femme avait vaporisé un parfum floral en prévision de son arrivée.

« Je suis tellement impatiente de te la montrer, dit Poppy. Tu veux un verre de vin d'abord ?

– Non, merci. Il faut que je rentre vite m'occuper des clients.

– Eh bien… sans plus tarder. » Elle prit un classeur sur la table et le serra contre sa poitrine. « C'est celle-ci que je préfère, mais rien ne nous oblige à la choisir. Je veux que tu sois honnête avec moi si tu ne l'aimes pas. Et que tu me dises franchement si tu ne veux pas du tout que je l'expose.

– Poppy, montre-la-moi… »

Poppy tendit le classeur et l'ouvrit pour dévoiler la photo. Mona mit un moment à trouver ses mots. Loin de paraître absurde ou bizarre, la femme allongée dans le ruisseau était rien moins que la réincarnation d'une vision préraphaélite. Son visage était serein, ses lèvres entrouvertes, elle semblait hésiter entre la vie et la mort. Le bouquet éparpillé entre ses mains éclaboussait de couleurs le vert émeraude des feuillages alentour. C'était moins l'héroïne de Shakespeare que l'Ophélie de Lizzie Siddal ressuscitée.

Mona ne put que s'exclamer : « Tu as réussi !

– Vraiment ?

– C'est magnifique, Poppy.

– Tu parles sérieusement ?

– Même cette ridicule robe de bal a fière allure dans l'eau.

– Tu ne le dis pas pour être gentille ?

– Est-ce que ça me ressemble de faire quelque chose pour

être gentille ? Tu as mis dans le mille, Poppy. C'est superbe. Tu es une vraie artiste. »

Poppy la serra très fort dans ses bras. « S'il te plaît, répète-le encore une fois. »

Mona lâcha un petit rire. « Tu es une putain d'artiste !

– Je peux l'accrocher à la poste ?

– Ça te semble être à la mesure d'une artiste ?

– Oui, pour moi, ça l'est.

– Alors fais-le. Je la trouve sublime. »

Poppy la serra de nouveau contre elle et l'embrassa avec fougue. Mona lui rendit son baiser durant quelques secondes, puis elle recula.

« J'adorerais continuer, mais je dois vraiment rentrer et jouer les comtesses pour nos clients. On se fait un petit câlin de dix minutes ?

– Ça me ferait trop plaisir. »

Et ainsi fut fait sur le grand sofa de velours vert depuis lequel on apercevait le ruisseau. On pouvait même entendre son murmure, remarqua Mona, et avec les petits seins fermes de Poppy pressés contre son dos, son glouglou lui sembla plus doux que jamais auparavant.

20

Si tu vois ce que je veux dire

Dix ans plus tôt, en arrivant pour la première fois dans les Cotswolds, Wilfred et Michael étaient partis à la recherche d'Easley House sans savoir que c'était une des plus grandioses demeures du Gloucestershire. Wilfred avait repéré Mona en train de s'acheter une robe dans une boutique chic de Londres – qui se révélerait être sa robe de mariée – et Michael avait réussi à arracher son adresse à la vendeuse. De là, un petit trajet en train les avait conduits à Moreton-in-Marsh où les propriétaires du pub – Doll et Fred à l'époque – leur avaient conseillé de prendre un car touristique qui les amènerait directement à Easley. Doll était morte d'une crise cardiaque peu après, Fred avait revendu le pub au propriétaire d'aujourd'hui, et il était parti s'installer à Benidorm.

La question des chauves-souris surgit alors que Wilfred et Rhonda préparait la couche nuptiale pour l'arrivée des jeunes mariés.

« Tu vas me trouver idiote, dit Rhonda en redonnant du volume à un oreiller, mais j'ai eu l'impression d'entendre quelque chose hier soir, dans le couloir, au moment où je regagnais ma chambre de petite fille. »

L'expression enfantine amusa Wilfred, mais il se garda de le montrer.

« Quoi donc ?

– Rien qu'un bruit au-dessus de ma tête. Ça semblait provenir du grenier. Comme si quelqu'un marchait là-haut.

– Oh, fit Wilfred avec un large sourire, c'est nos autres hôtes que tu as entendus.

– Je ne comprends pas.

– On a une dizaine de chauves-souris là-haut. Elles se perchent entre les poutres et elles font un boucan du diable quand elles s'installent là pour la nuit. »

Rhonda fit la grimace. « Mais vous ne pouvez pas vous en débarrasser ?

– Pourquoi ? Elles mangent les insectes, elles dispersent les graines, et tout ce qu'elles demandent c'est qu'on leur fiche la paix. En plus, c'est des animaux protégés. Les gens de la Société des chauves-souris passent une fois par an s'assurer qu'elles vont bien. S'il leur arrivait quelque chose, on aurait des ennuis.

– Une Société des chauves-souris, ça existe ?

– Un truc du style. C'est moi qui raccourcis le nom, peut-être. »

Apparemment tranquillisée, Rhonda sourit : « En tout cas, elles font un sacré raffut. »

Quand Mona revint de chez Poppy, Wilfred attendait toujours les jeunes mariés.

« Ils ne devraient plus tarder, lui dit-il. Ils ont appelé du Black Bear, il y a quelques minutes. Ils déjeunent là-bas. Leur train a pris du retard à Oxford.

– Très bien, répondit Mona. On n'aura pas à leur préparer quelque chose à manger avant le dîner.

– Ils ont l'air sympas.

– Qu'est-ce que tu veux dire ?

– Pas le genre connards conservateurs.

– C'est toujours ça. »

Mona partit inspecter la chambre nuptiale, et Wilfred remarqua une pile de courrier sur la table, pas encore ouvert. Il fit rapidement défiler les lettres, jusqu'à en trouver une qui portait l'écriture si typiquement américaine de Michael. En temps normal, il l'aurait montée dans sa chambre pour en profiter pleinement plus tard, mais Michael serait là dans moins d'une semaine et il n'avait pas de temps à perdre. Cette lettre contenait peut-être des informations dont il devait prendre connaissance sur-le-champ.

Il s'assit sur la banquette de fenêtre, déchira l'enveloppe et se mit aussitôt à lire :

Mon cher Wilfred,

Je voulais seulement que tu saches que Thack ne sera pas avec moi quand j'arriverai le 18. Je m'en réjouis parce que j'aurai d'autant plus de temps à passer avec toi. Je sais que Mona va être la reine de la fête et je le comprends parfaitement, mais s'il te plaît, débrouille-toi pour nous ménager des moments à nous. Si tu vois ce que je veux dire…

MICHAEL

Il relut la lettre trois fois pour s'assurer qu'il avait bien compris. *Qu'est-ce que ça veut dire, bon Dieu !* L'homme avec lequel il entretenait à distance une amitié platonique depuis dix ans lui écrivait-il bien qu'il voulait plus que ça quand il serait à Easley ? Ou cela signifiait-il seulement qu'il voulait parler avec lui, se réserver la possibilité de passer du temps seul à seul, comme deux vieux amis ? C'était sans doute ça. Ça ne ressemblait pas à Michael de flirter par courrier. Il n'avait probablement rien d'autre en tête qu'une relation de franche camaraderie.

D'un autre côté, si Michael avait rompu avec Thack, il lui envoyait peut-être un signe pour qu'il comprenne qu'il était libre à présent. Quand Wilfred avait seize ans, Michael avait gardé ses distances, sexuellement parlant, mais aujourd'hui qu'il était adulte, tout devenait possible. À moins qu'il ne prenne tout simplement ses rêves pour la réalité. Adolescent, il avait terriblement désiré Michael et le lui avait inlassablement répété, or les choses étaient différentes maintenant. Les photos qu'il lui avait envoyées à San Francisco, montrant qu'il était désormais un homme, lui avaient attiré de gentils compliments mais pas d'avances explicites.

Il n'y avait aucun moyen de savoir ce que signifiait cette lettre avant qu'il se retrouve seul avec Michael.

Cette simple idée l'excitait et le terrifiait à la fois.

Il s'ordonna de ne s'attendre à rien de particulier pendant les cinq jours à venir.

Il sortit cueillir quelques boutons de fleurs de cannabis dans la serre. Il le faisait souvent avant d'aller passer la soirée à Londres, au cas où il trouverait un garçon sexy et motorisé qui pourrait le reconduire à la maison. Comme il savait que le fait d'être amené dans ce manoir par un inconnu avait quelque chose d'assez effrayant, l'herbe aidait souvent à calmer l'anxiété du nouveau venu. Au fond de la serre, il repéra un bouton dûment couvert de petits poils roux et le coupa à l'aide des ciseaux pliants réservés à cet usage qu'il accrochait toujours à son porte-clés. C'est Michael qui les lui avait offerts, cinq ans plus tôt, pour ses vingt et un ans – quel cadeau ! –, alors aujourd'hui ils étaient encore plus chargés de sens. Voilà pourquoi il sursauta en entendant une voix derrière lui :

« On se fait sa petite récolte, pas vrai ? »

Wilfred agrippa les perles de son collier multicolore, dont il avait presque oublié la présence autour de son cou. L'homme avait surgi de nulle part.

« Je ne voulais pas vous faire peur », dit M. Hargis. Même s'il n'avait pas retiré sa casquette, le ton de sa voix restait respectueux. « Je sais garder un secret, milord.

– C'est un secret pour personne, répliqua Wilfred en se redressant. Et arrêtez de me donner du milord, s'il vous plaît. Un de nos clients nous a demandé un peu d'herbe.

– Bien sûr. »

Qu'il ait choisi de mentir à ce sujet était révélateur. À quoi bon raconter des bobards à M. Hargis sur le cannabis ? Il savait toujours tout et il était tout à fait capable de tenir sa langue.

Alors pourquoi Wilfred n'avait-il pas reconnu que c'était pour lui-même qu'il récoltait de l'herbe ?

Parce que le moment où il la consommerait enflammait son imagination. Il voyait déjà son immense lit de sultan où les corps folâtraient avec ardeur, où les cœurs battaient la chamade à l'unisson, où les doigts touchaient des endroits intimes jusqu'alors inexplorés.

Et M. Hargis n'avait vraiment aucune raison d'assister au spectacle.

21

La femme du Boscobel

Les jeunes mariés n'exigeaient pratiquement rien du personnel d'Easley. En fait, ils ne quittaient presque jamais leur chambre, si bien que Mona les confia aux bons soins de Wilfred et Rhonda, et se rendit à Moreton pour un brunch avec Poppy. Le jardin tout ensoleillé, à l'arrière du salon de thé, fourmillait d'amateurs de fleurs des champs, qui semblaient avoir débarqué en masse d'un car de touristes.

« Intéressant, tous ces gens, observa Poppy, alors qu'elles prenaient place à une table.

– Pourquoi ? demanda Mona.

– Eh bien, apparemment, ils ne se connaissent pas du tout. C'est seulement leur intérêt pour les fleurs des champs qui les rassemble ici. À moins qu'ils ne soient venus aussi chercher l'amour, qu'en penses-tu ? »

Il s'agissait pour l'essentiel de personnes ayant au moins la cinquantaine. Surtout des femmes, par ailleurs.

« Je ne vois pas beaucoup de couples qui pourraient se former.

– N'en sois pas si sûre. C'est peut-être une Rencontre des lesbiennes des Cotswolds fans de fleurs des champs. »

Mona pouffa de rire dans son verre d'eau. « Alors le

monsieur là-bas risque d'avoir une mauvaise surprise », dit-elle en regardant un homme à lunettes plutôt bien enveloppé qui s'asseyait près d'une treille couverte de roses roses.

« Il doit bien y avoir quelqu'un pour lui, dit Poppy.

– Je n'ai pas l'impression qu'il soit gay.

– Qu'est-ce qui te fait croire ça ?

– J'ai un peu d'expérience, ma douce. »

C'était la première fois que Mona utilisait elle-même ce mot affectueux pour s'adresser à Poppy.

Ce n'était pas grand-chose, mais cela révélait néanmoins une avancée sentimentale, ainsi qu'une nouvelle réciprocité.

Poppy lui sourit avec tendresse.

« Cette femme, là, est seule, dit Mona. Elle pourrait peut-être lui convenir. »

L'objet de leur attention était une quadragénaire assez laide, au visage chevalin, qui portait une jupe longue et un chemisier à fleurs.

Poppy l'examina un instant. « Je ne pense pas que ça marcherait.

– Et pourquoi pas ? »

Poppy haussa les épaules. « Je suis sûre que c'est un homme.

– Quoi ?

– Tu sais bien… un transexuel. »

Mona n'avait pas entendu cette expression depuis des années. Pas à propos d'une personne, en tout cas.

Elle observa l'inconnue pendant un long moment. « Tu as peut-être raison.

– Je sais que j'ai raison. Mais qu'est-ce qu'il vient faire dans ce circuit "fleurs des champs" ?

– Sans doute admirer les fleurs des champs, précisément. »

L'ironie dans la voix de Mona échappa complètement à Poppy.

« Je veux dire qu'il n'est pas parmi les siens, ici.

– Elle ne l'est jamais, je pense. Par la force des choses. Tu enfiles une jupe, tu te mets du rouge à lèvres et tu espères que personne n'aura la grossièreté de s'adresser à toi au masculin.

– C'est ce que je suis en train de faire selon toi ? Je me montre grossière ?

– Pas encore. Mais tu pourrais arrêter de la fixer, Poppy.

– Entendu, répondit celle-ci, apparemment vexée, en s'emparant d'un menu. Et si on commandait ? »

Elle savait qu'elle aurait dû parler d'Anna à Poppy. En réalité, elle lui avait bien parlé d'elle, mais comme d'une grande amie plus âgée qu'elle, qui avait été sa logeuse. Elle ne lui avait pas confié qu'Anna était autrefois son père. À présent, il lui semblait qu'il était trop tard pour le lui dire. Leurs sandwichs étaient arrivés et elles picoraient en gardant un silence boudeur.

Poppy finit par reprendre la parole : « Je ne comprends vraiment pas ce qui t'a fait péter un plomb.

– Rien ne m'a "fait péter un plomb". Tu as traité cette femme comme un monstre de foire.

– Elle n'a rien entendu de ce que je disais.

– Ça n'est pas la question. Moi, j'ai entendu et… j'aimerais croire que tu vaux mieux que ça.

– Tu es sérieuse ? Qu'est-ce que j'ai dit ?

– Laisse tomber. Je ne vais pas me lancer dans une discussion sur le droit de chacun à exister. Si tu ne peux pas faire preuve d'empathie…

– Mais si ! Il pense qu'il est une femme… pardon… elle pense qu'elle est une femme, mais tout le monde voit clairement que c'est un homme. C'est juste malheureux. Je suis désolée pour elle, Mona. C'est sans doute plus dur que tout. De vivre ce genre de mensonge.

– Elle vit peut-être sa vérité, précisément.

– Non, pas du tout. Sa seule vérité, c'est son sexe de naissance. »

Mona ne put supporter cette conversation une seconde de plus.

« On arrête là, murmura-t-elle entre ses dents, en jetant un coup d'œil en direction de la femme en question. Elle a dû nous entendre, elle s'en va.

– Je ne vois pas comment elle aurait pu nous entendre. »

Elles la suivirent du regard alors qu'elle traversait le jardin.

« En fait, non, elle ne s'en va pas. Elle cherche seulement les toilettes. »

La panique se lut aussitôt dans les yeux de Poppy. « Mais il faut prévenir quelqu'un !

– Qu'elle s'apprête à aller aux toilettes ? » Mona lui décocha un sourire torve. « Je t'en prie, appelle les Royal Marines à la rescousse.

– Mais comment tu peux prendre la situation à la légère, Mona ? Il y a peut-être déjà quelqu'un aux toilettes. Et puis, pense un peu à toutes les femmes qui iront après lui ! »

Poppy s'était déjà levée pour intervenir. Mona la saisit

énergiquement par le poignet et lui chuchota avec autorité : « Rassieds-toi, ma belle. Pas question de faire un scandale. »

Un silence pesant régnait dans la voiture alors que Mona reconduisait Poppy à Blockley Brook.

Finalement, elle lâcha : « Dis-moi un peu, tu voudrais qu'elle aille pisser où, exactement ?

– Eh bien, si elle ne peut pas s'en empêcher…

– Si elle ne peut pas s'empêcher de pisser ?

– … elle n'a qu'à entrer discrètement dans les toilettes des hommes.

– Avec sa jupe à motifs cachemire et son joli chemisier. C'est sûr, ça marchera comme sur des roulettes.

– C'est son problème !

– Pourquoi es-tu si inflexible à ce sujet ?

– Je pourrais te retourner la question, dit Poppy. Je n'y comprends rien. On a l'impression que ça te concerne personnellement. »

Mona n'avait aucune envie de faire entrer son histoire familiale dans le débat. Par ailleurs, ce n'était pas le sujet.

« Pour moi, c'est une question d'éthique. Je m'efforce de laisser les autres être ce qu'ils sont, de respecter la façon dont ils se voient. Ça n'a rien de compliqué. Songe un peu aux difficultés que rencontre cette femme à chaque heure du jour. Tu souhaites vraiment en ajouter ?

– Tu es injuste, répliqua Poppy. Tu ramènes tout à elle et ses besoins. Que fais-tu des vraies femmes qui utilisent ces toilettes ? Tu considères qu'elles n'auront qu'à faire avec si jamais… » Elle s'interrompit.

« Si jamais quoi ? Une queue se cache sous ces motifs cachemire ?

– C'est ça. Ils ne se font pas tous opérer, n'est-ce pas ? »

Mona se tourna vers Poppy. « Donc, c'est bien la présence d'une queue qui t'effraie.

– Pas toi ?

– Non, pas en soi. C'est la cervelle derrière cette queue qui compte, et il me semble, d'après mon expérience, qu'un homme en quête de sa féminité a moins de chances que tous les autres de devenir un violeur.

– D'après ton expérience ?

– Tu es en train de me demander si j'ai tâté de la bite ?

– Oui.

– Eh bien oui, j'en ai connu quelques-unes. »

Mais si peu que ça ne vaut pas la peine d'en parler.

« Tu es bi ?

– Je suis Mona… mais si tu veux me mettre une étiquette…

– Je n'en reviens pas, répondit Poppy, abasourdie.

– Crois-moi, la liste n'est pas très longue, et c'était il y a longtemps. »

Elle se remémora cette nuit passée avec Brian Hawkins dans la petite maison juchée sur le toit du 28, Barbary Lane, un moment imprévu de tendresse charnelle, né tout naturellement de leur amitié et d'un respect mutuel. Elle ne l'avait jamais regretté, mais n'avait jamais cherché à renouveler l'expérience. Ce qui ne signifiait pas que ça ne pouvait pas se reproduire avec quelqu'un d'autre. Elle n'aimait pas s'imposer de règles.

Remarquant l'air affligé de Poppy, elle tendit la main pour lui pincer gentiment la cuisse.

« Rien de grave là-dedans. On n'est pas forcées d'être pareilles. »

Elles se quittèrent devant le moulin de Poppy, évitant toutes les deux de revenir au sujet épineux.

« Et quand comptes-tu dévoiler ton chef-d'œuvre ? demanda joyeusement Mona en se penchant par la vitre de sa Toyota.

– Qu'est-ce que tu veux dire ?

– La photo... à la poste.

– Oh, il faut d'abord que j'en fasse un bon tirage.

– J'ai vraiment hâte de la voir.

– Mais tu l'as vue.

– Je veux dire, exposée là-bas. Pour que je puisse tourner autour et accueillir mes fans. »

Ce n'était qu'une mauvaise blague pour essayer d'alléger l'humeur de Poppy, et elle tomba à plat.

« Je te préviendrai », lança Poppy en remontant déjà le sentier qui conduisait à sa maison.

Durant tout le trajet jusqu'à Easley, Mona remâcha les preuves de la transphobie de Poppy. Il n'y avait pas vraiment d'autre mot pour décrire son attitude. La peur et le dégoût s'entendaient dans sa voix quand elles avaient discuté de la femme du Boscobel. Et si les trans l'effrayaient tellement, comment trouverait-elle jamais sa place dans la famille de Mona ? Elle ne pouvait même pas songer à aimer quelqu'un comme ça. Elle ne pouvait même plus songer à aimer Poppy.

En arrivant, elle remarqua la présence de deux jeunes

inconnus, affalés sur des transats, devant la maison. Elle gara la voiture dans l'allée et s'avança vers eux.

« Vous devez être les Dillard, je suppose. Mona Roughton.

– Oh, lady Roughton, répondit la femme en serrant la main que Mona lui tendait. Enchantée de faire votre connaissance !

– Soyez les bienvenus à Easley House. J'espère que Wilfred a bien pris soin de vous.

– Oui, et aussi la gentille dame américaine. »

Rhonda. La gentille dame américaine.

« Il faut que l'on vous dise, déclara la jeune mariée en passant le bras autour de la taille de son conjoint. Nous sommes en voyage de noces, et votre manoir est l'endroit idéal pour des amoureux.

– Je m'en réjouis, répondit Mona, avec une nuance de mélancolie dans la voix. Merci à vous. »

Elle se glissa dans la maison en évitant la grande salle pour ne pas avoir à parler avec Wilfred et Rhonda. Elle n'avait envie de voir personne, ou plus exactement, elle préférait que personne ne la voie. Elle finirait par raconter à Wilfred ce qui s'était passé, parce qu'elle savait qu'il comprendrait, mais elle se sentait incapable pour le moment de confier ses impressions à Rhonda. Peut-être ne le pourrait-elle jamais. Rhonda avait un grand cœur mais elle n'était pas franchement évoluée sur les questions de différence des genres.

Une fois en sécurité dans sa chambre fermée à double tour, Mona fit couler de l'eau dans sa baignoire, en y ajoutant des sels à la lavande, et elle prit un long bain sans plus retenir ses larmes. Elle avait résisté à l'envie de s'allumer un joint parce qu'elle savait d'expérience que l'herbe n'est pas un remède contre le chagrin. Au contraire, elle a tendance à l'accentuer. Et c'était bien du chagrin qu'elle éprouvait, car la possibilité si longtemps attendue de connaître l'amour venait de trouver une mort aussi subite que terrible.

22

Un manque de cœur

La nuit du solstice d'été tombait le 21 juin, trois jours après l'arrivée prévue de Michael à Easley House. Wilfred savait qu'ils allaient devoir en mettre un bon coup dès maintenant s'ils voulaient organiser une vraie cérémonie païenne. Il fallait confectionner des tourtes, cueillir du lierre pour les guirlandes, entreposer du bois pour le feu de joie, et prévoir aussi un stock important de scrumpy et d'herbe. En temps normal, Mona se serait démenée comme un beau diable pour tout préparer, mais depuis plusieurs jours, elle se montrait étonnamment indolente. Il savait qu'il valait mieux ne pas lui poser de questions. Elle partagerait les raisons de sa tristesse en son temps.

Le feu de joie avait toujours lieu dans une clairière à l'autre bout du domaine, là où les flammes pouvaient s'élever haut dans le ciel nocturne sans risquer d'atteindre les arbres avoisinants ou de mettre en danger humains et animaux. Un cercle de cendres demeurait au sol en permanence, qui témoignait de l'utilisation cérémoniale de l'endroit. Même hors saison, Wilfred adorait se rendre dans cette clairière, parce qu'elle lui faisait penser aux rites du feu pratiqués par ses ancêtres aborigènes – des rites qui remontaient au Temps du Rêve et bien plus anciens, à n'en pas douter, que cette Bonne Vieille Angleterre.

Il fallait transporter le bois jusque là-bas. Durant plusieurs années, ils avaient utilisé les branches mortes d'un cèdre déraciné qui brûlaient facilement et embaumaient l'air d'un parfum aromatique. Mais au mois de juin de l'année précédente, ils avaient dû commander du chêne séché au four dans une scierie de Stow. M. Hargis s'était occupé de tout et avait supervisé la mise en place du bois dans le cercle de cendres. Il était temps de renouveler l'opération.

Il parcourut le domaine à la recherche du vieil homme. Après avoir fait le tour des serres et de la roseraie, il le repéra qui sortait de la chapelle. Celle-ci n'avait plus aucune fonction religieuse depuis que Mona et lord Teddy s'y étaient mariés, et M. Hargis l'utilisait pour ranger ses tondeuses et autres outils de jardinage. Il l'appela en criant son nom, mais ne reçut aucune réponse. Il était sans doute de plus en plus sourd, se dit-il.

S'approchant de la chapelle, il l'appela de nouveau. Cette fois, M. Hargis tourna aussitôt la tête, visiblement surpris.

« Oh, lord Wilfred. »

Il ne servait plus à rien de le reprendre. Le vieil homme tenait plus que tout aux usages anciens.

« Je voulais vous parler de la nuit du solstice d'été.

– Ah oui ?

– La date approche et il va nous falloir beaucoup de bois pour le feu de joie. Je crois me rappeler que vous en aviez commandé quelque part à Stow.

– Oui. Chez le père Dalrymple et ses gars. »

Les gars en question étaient un détail important à mentionner parce que c'est eux qui charriaient le bois et le disposaient comme il faut pour le feu.

« Très bien, dit Wilfred. Vous voulez que je leur téléphone ?

– Non, milord. Je les appellerai de la maison quand je rentrerai déjeuner. »

La « maison » de M. Hargis était juste à côté du portail. Il s'agissait en fait d'une chambre située à l'étage du pavillon d'une veuve, qui apparemment lui faisait la cuisine et la lessive. Il y habitait depuis la mort de sa chère Elspeth. Personne ne savait vraiment s'il se passait quelque chose entre eux, mais il était clair qu'il avait besoin de la présence d'une femme dans sa vie.

« Oh, se souvint soudain Wilfred, il nous faudra aussi beaucoup de lierre et de fleurs coupées pour les couronnes.

– Oui, milord, comme d'habitude. »

Une question traversa alors l'esprit de Wilfred.

« Est-ce que le père de lord Teddy observait le rite du solstice d'été ?

– Oh non, milord. C'était un chrétien très pieux. »

M. Hargis jeta un coup d'œil inquiet en direction de la chapelle comme si le Jésus du vitrail allait le frapper pour l'aide qu'il allait apporter à cette célébration païenne.

« Vous savez que, pour lady Mona et moi, c'est seulement une façon de s'amuser un peu ? »

Le vieil homme se contenta de hocher distraitement la tête, tout en s'éloignant de la chapelle. « Du lierre, des roses et du bois », murmura-t-il, comme pour dresser la liste des tâches à accomplir.

Pauvre vieux bougre, songea Wilfred. *Il commence réellement à perdre la boule.*

Dans la cuisine, Mona préparait les tourtes, découpant des pommes comme une folle furieuse. Wilfred resta un moment sur le seuil à l'observer.

« Quoi ? finit-elle par dire quand elle s'aperçut de sa présence.

– On dirait que tu veux assassiner ces pauvres pommes !

– Occupe-toi de tes affaires.

– Il y a quelque chose qui te dérange. Dis-moi.

– Tout va bien, rétorqua-t-elle sans cesser de manier son couteau. Michael sera là d'ici quelques jours et je ne veux pas perdre mon temps, alors, à cuisiner. Il faut que tout soit prêt à l'avance. Cette maison ne fonctionne pas toute seule, tu sais. »

Qu'elle insinue ainsi qu'il ne prenait pas sa part des corvées irrita prodigieusement Wilfred.

« Je viens de tout organiser pour le feu de joie. Et pour les fleurs et le lierre des couronnes. Je suis tout aussi impatient que toi de revoir Michael.

– Je le sais », répondit-elle plus gentiment.

Il lui prit la main et la garda dans la sienne jusqu'à ce qu'elle lève les yeux vers lui, avec un air de chien battu digne de la princesse Diana. Elle n'avait recours à ce stratagème que quand elle avait besoin de compassion.

« C'est à cause de Poppy ? »

Elle répondit oui d'un haussement d'épaules.

« Elle t'a plaquée ?

– Non. Par contre, moi je ne suis pas loin de le faire.

– Pourquoi ?

– Elle a un point de vue franchement dégueulasse sur les trans.

– Oh… tu lui as parlé d'Anna ?

– Non. Il y avait une femme trans qui déjeunait au Boscobel. Une cliente à la table d'à côté. Ça l'a mise dans un état que tu ne peux même pas imaginer. Elle a failli sauter sur la malheureuse parce qu'elle voulait aller aux toilettes pour dames.

– C'est la merde…

– Tu peux le dire.

– Alors tu lui as jamais parlé d'Anna… » Il ne posait pas la question, il prenait acte.

« Quel est le rapport ?

– Je me demandais seulement comment tu avais fait pour ne pas en parler en… combien ? Cinq ans ?

– Il n'y avait rien de sérieux entre nous jusqu'à très récemment. »

Wilfred hocha la tête. « Un bon coup et une calligraphe à portée de main, ça se résumait à ça.

– En gros, oui.

– Et pourquoi se priver des bonnes choses, hein ?

– Tu me juges ?

– Non, mais tu aurais pu l'informer de la situation, Mo. Que votre histoire soit sérieuse ou pas.

– Ça n'a rien à voir avec ça, Wilfred. Le problème, c'est son manque de cœur. Je ne peux pas construire ma vie avec quelqu'un de si peu empathique. Et si je lui avais parlé d'Anna, je n'aurais peut-être jamais découvert ce côté de Poppy. J'ai toujours pensé qu'elle était un peu réac pour une artiste, mais là, c'est totalement rédhibitoire. »

Il ne pouvait plus que compatir.

« Je suis vraiment triste pour toi, Mo.

– Je savais que tu comprendrais. Je t'ai élevé comme il faut.

– Tu as de la peine ?

– Bon Dieu, oui.

– Je peux t'aider à quelque chose ? »

Elle réfléchit quelques secondes. « Tu pourrais décorer la chambre de Michael avec une belle composition florale pour lui souhaiter la bienvenue.

– Facile. On a des tonnes de pensées en ce moment. »

Elle sourit. « C'est pas un peu trop explicite[1] ?

– Pas pour lui. Il va adorer.

– OK, mais… Wilfred…

– Oui ?

– Ce n'est pas parce que Thack ne vient pas qu'il faut t'accrocher à de faux espoirs.

– Je sais, Mo. Aie confiance en moi. Je suis pas né de la dernière pluie.

– Simplement, je ne veux pas te voir souffrir. Je l'ai vu briser pas mal de cœurs à l'époque. »

Il se demanda ce qu'elle voulait dire par là, mais il décida de lâcher l'affaire.

« Je suis un grand garçon, Mona. Je suis capable de me protéger. »

Ce n'était pas tout à fait vrai, mais elle allait devoir se contenter de cette déclaration de principe pour l'instant.

1. *Pansy* (« pensée ») signifie « homosexuel » en argot.

23

Joker

Thack était sorti de la vie de Michael aussi vite qu'il y était entré.

Ils s'étaient rencontrés dans une cellule plongée dans l'obscurité totale, à Alcatraz, entourés d'une dizaine d'écolières d'une institution catholique qui visitaient la prison. Cela les avait fait sourire et ils avaient échangé des regards entendus quand la lumière était revenue. Ils s'étaient aussitôt enfuis ensemble, enivrés par la naissance d'un nouvel amour.

La fin était survenue tout aussi précipitamment. Un mois plus tôt, un beau matin, Thack était parti s'installer chez un ami dans le quartier de Mission, empruntant une moto qu'il avait achetée avec leur carte de crédit commune. Ils en parleraient plus tard, avait-il déclaré. Il avait besoin d'espace, autrement dit de n'importe quel endroit où son partenaire n'était pas. Michael s'était rendu compte qu'il avait le même besoin. Le tempérament volcanique de Thack l'épuisait.

Le séjour à Easley House serait une pause idéale – des moments de qualité partagés avec Mona et Wilfred dans cette magnifique demeure ancestrale des Cotswolds. Et avec Anna, bien sûr, qui allait voir le manoir pour la première fois. Il était même prévu de célébrer le solstice d'été par une fête païenne, quoi que ça puisse bien signifier.

C'était à Wilfred, cependant, que Michael pensait surtout, pendant qu'il faisait ses bagages. Il était son joker dans la partie qu'il allait jouer. Comme il continuait à recevoir des photos de lui, il savait exactement à quoi il ressemblait aujourd'hui. Néanmoins le jeune homme élancé qui apparaissait sur les clichés les plus récents n'avait plus rien à voir avec le gamin espiègle qu'il avait rencontré au Coleherne, dix ans plus tôt. Il s'était même franchement musclé depuis qu'il l'avait revu à Londres, cinq ans après. Quant aux lettres qu'ils s'étaient écrites au fil du temps, elles ne remplaceraient jamais une vraie conversation face à face. Les lettres ne disaient jamais que ce qu'on voulait entendre. Le plus sage était de ne rien attendre de précis.

24

Garder la boutique

Rhonda avait lancé une opération de grand ménage à Easley House avant que l'ami de Mona et Wilfred arrive de San Francisco. À l'évidence, il comptait beaucoup pour eux deux, et ils ne ménageaient pas leurs efforts. Quand ils eurent terminé, la grande salle brillait de mille feux, à la plus grande satisfaction de tous.

« Ouah ! s'exclama Wilfred, en appui sur son balai-brosse. Cette maison a pas été aussi belle depuis ton mariage !

– Je sais. Et nous le devons à Rhonda.

– Peuh… fit Rhonda.

– Peuh ? répéta Wilfred, perplexe.

– C'est ce que disait ma mère quand on lui faisait un compliment.

– Eh bien, je le pensais sincèrement. Grâce à toi, on s'est bougé les fesses.

– J'espère ne pas avoir été trop autoritaire.

– Juste ce qu'il fallait, répondit Wilfred en souriant.

– Et maintenant, dit Mona en se débarrassant de son chiffon d'un geste théâtral, je propose qu'on fasse un saut à l'exposition d'artisanat, à Cheltenham. On y a déniché des trucs géniaux l'année dernière et j'aimerais bien faire le tour des stands avant l'arrivée de Michael. On pourrait déjeuner là-bas, il y a plein de bonnes choses à manger. Je crois qu'on l'a bien mérité, déclara-t-elle en regardant Rhonda.

– Moi aussi ? demanda celle-ci.

– Évidemment.

– Et la maison va rester sans surveillance ?

– Que veux-tu qu'il se passe ? Voilà huit cents ans qu'elle est là. Elle ne verra aucun inconvénient à ce qu'on fasse l'école buissonnière un après-midi, j'en suis certaine.

– Mais si un client imprévu se présente ?

– Eh bien, il se cassera les dents. »

Rhonda parut réfléchir un instant. « Vous savez quoi ? Allez-y sans moi, je vais garder la boutique. Ça ne me dérange pas du tout. En vérité, je crois même que ça me ferait plaisir.

– Ben voyons, dit Wilfred.

– Je parle sérieusement. Ça m'amusera. Je pourrais faire comme si j'étais la dame du manoir. »

Mona la fixa d'un air incrédule. « Tu sais, Wilfred, je crois qu'elle le pense pour de bon.

– Mais oui, je vous assure. Je vais me blottir sur le divan avec Nilla, me préparer un thé et lire un bon livre. Un moment de détente bienvenu. »

Mona fit une dernière petite tentative : « L'exposition d'artisanat est vraiment très sympa.

– J'en suis sûre. Rapportez-moi une jolie manique. »

Mona lui jeta un regard en coin. « Tu te payes ma fiole ?

– Comment ?

– C'est de l'argot. Ça veut dire... Oh... Laisse tomber. »

Rhonda leur fit au revoir depuis l'allée et regarda la vieille Toyota verte passer le portail, avant de disparaître de sa vue. Devant la grille, M. Hargis les salua d'un geste de la main et toucha sa casquette. Il paraissait être partout et nulle part à la fois, ce vieux bonhomme, mais Rhonda se sentit soulagée de savoir qu'elle ne serait pas complètement seule à Easley.

Elle rentra se faire un thé dans la cuisine. Elle avait le choix de le prendre où bon lui semblerait, et après réflexion, elle se décida pour la bibliothèque. Elle avait toujours apprécié l'atmosphère chaleureuse de cette vénérable pièce, avec ses livres qui tapissaient les murs jusqu'au plafond et ses lambris de bois foncé. Dans un coin, un fauteuil à oreilles, qui avait l'air particulièrement confortable, attira son regard. Elle alla s'y asseoir et se servit une tasse de thé.

C'était étonnant que cela lui paraisse si naturel d'être là. Elle plaisantait quand elle avait dit à Mona et Wilfred qu'elle pouvait être la dame du manoir, le temps d'une journée, mais maintenant, au milieu des sons et des senteurs de la vieille maison, elle avait le sentiment de l'être pour de vrai. Il n'existait rien d'aussi ancien en Caroline du Nord, aucun lieu qui dégage cette impression d'antiquité studieuse. Même les bruits qu'on y percevait de temps à autre semblaient provenir d'un autre siècle. Mais ce chuchotis sur le seuil de la porte qui l'avait fait sursauter, il y a un instant, s'avéra n'être que Nilla en quête des petits grattouillis que pourrait lui prodiguer la seule personne présente au manoir. Rhonda répondit à sa demande et la chienne grogna de plaisir.

Elle supposait que beaucoup de gens, les Américains en particulier, seraient effrayés par une maison pareille, mais pas elle. Elle se sentait bien à Easley, et rassurée à l'idée que le passé était mort et bien mort. Si des violences y avaient été commises au cours des siècles, il ne restait rien de ces sinistres événements. Le manoir paraissait plutôt sorti d'un roman d'Agatha Christie, une demeure confortable et à même de vous donner le frisson, sans jamais vous faire réellement peur.

Elle eut une idée. Elle se leva, s'approcha de l'immense mur de livres derrière son fauteuil et chercha s'il y en avait de la célèbre romancière anglaise. Elle en trouva un intitulé *La Mystérieuse Affaire de Styles,* avec un manoir, sur la couverture, qui ressemblait beaucoup à Easley. Ce serait le roman parfait avec lequel se lover sur la banquette de fenêtre, dans la grande salle.

Elle était donc assise là, quand elle aperçut une silhouette qui traversait la pelouse en courant avant de s'enfoncer dans les bois. L'homme lui tournait le dos, mais ce ne pouvait clairement pas être M. Hargis parce qu'il détalait beaucoup trop vite. Serait-ce le vieux gitan que le fidèle gardien voulait chasser du domaine ? Était-il revenu parce qu'il avait vu que la voiture n'était plus là, signe qu'il n'y avait sans doute personne à la maison ? Allait-elle devoir l'affronter ? Rien que d'y penser, elle en avait la chair de poule. Elle aurait pu faire face à n'importe quel visiteur sonnant à la porte, mais là, c'était tout autre chose.

Elle monta dans sa chambre et ferma la porte à clé. De sa fenêtre, elle voyait parfaitement la pelouse, et l'intrus paraissait avoir disparu.

Elle resta lire alors dans sa chambre jusqu'au retour des autres, à la fin de l'après-midi.

25

Arrangements de couchage

Michael s'offrit une barre chocolatée aux fruits Cadbury, à la gare d'Oxford, en attendant qu'Anna revienne des toilettes. Elle en ressortit, vêtue d'un nuage de soie verte, une robe d'été qui lui avait valu un certain succès, la veille, dans l'avion (même quand elle dormait) et promettait de produire le même effet cet après-midi à son arrivée dans un manoir anglais. C'était la nature même d'Anna, songea-t-il : ses vêtements la mettaient en valeur mais ne prenaient jamais le pas sur elle. Elle avait du style, au sens qu'avait donné Quentin Crisp à ce mot, et elle savait que ça n'avait rien à voir du tout avec la mode.

« Ça ne m'a pas l'air mauvais, dit-elle en désignant sa friandise.

– Tu en veux une ?

– Oh non… enfin, peut-être juste un petit morceau. » Elle lui montra la quantité en écartant à peine le pouce et l'index. Michael détacha un bout de la barre chocolatée et le lui tendit. Elle s'assit à côté de lui et croqua délicatement dedans en murmurant de plaisir.

« Tu sais, dit-elle, j'ai lu quelque part que les dames anglaises emportent toujours une petite provision de chocolat avec elles, dans leur sac, pour ne jamais en manquer. J'ignore si c'est vrai, mais je trouve que c'est une excellente idée. Le chocolat est plein de vertus quand on a un problème. »

Michael lui sourit. « Tu n'en as pas un en ce moment, dis-moi ?

– De problème ? Non, aucun. Je suis vraiment heureuse que nous ne soyons pas partis directement pour Easley en sortant de l'avion. Je me sens fraîche comme une rose après ces dix heures de sommeil. »

Il avait fallu plus d'une semaine à Michael pour se remettre du décalage horaire quand il était venu à Londres au début des années 1980. Chaque nuit, il se réveillait à trois heures du matin, assailli d'angoisses insurmontables et incapable de se rendormir avant plusieurs heures. Rien à voir avec cette énergique septuagénaire, parfaitement remise après une bonne nuit de sommeil à l'hôtel Best Western de l'aéroport.

« Tu ne cesseras jamais de m'étonner ! »

Elle haussa les épaules. « J'ai toujours dormi comme un loir. On s'achète des sandwichs pour la dernière partie du voyage ?

– Bonne idée. Pas question d'arriver le ventre creux. »

Ils prirent des sandwichs aux œufs durs et au cresson et les mangèrent dans le train, tandis que la campagne anglaise d'un vert éclatant défilait sous leurs yeux. Parfois, Anna s'absorbait longuement dans le paysage, apparemment perdue dans ses pensées.

« Tu sais, dit-elle enfin, ce n'est pas la première fois que je pars à la recherche de Mona.

– Qu'est-ce que tu veux dire ?

– Rien d'autre que ça… Il a fallu que je me débrouille

pour la rencontrer avant qu'elle emménage à Barbary Lane. Je savais que c'était ma fille, mais elle était loin de se douter que j'étais son père.

– Je m'en souviens, répondit Michael posément.

– C'était très risqué. Elle aurait pu partir en courant, horrifiée, ou me reprocher d'être un si mauvais parent.

– Ça n'aurait jamais pu se passer comme ça. »

Anna se tourna vers lui. « Mais si, mon joli. Bien au contraire. Je les avais abandonnés, elle et sa mère, en quittant Minneapolis, et ensuite je n'avais plus jamais regardé derrière moi. Je ne méritais pas qu'elle me donne une seconde chance.

– Je remercie le ciel qu'elle l'ait fait parce que, sinon, je ne t'aurais jamais rencontrée. Tu te rappelles que c'est Mona qui m'a amené à Barbary Lane.

– C'est vrai, murmura Anna, comme si elle en prenait conscience pour la première fois.

– Tu ne serais pas en train de te livrer à un petit acte de contrition ?

– Si, un peu.

– Eh bien, arrête tout de suite, mon amie. Tu es la meilleure petite vieille que je connaisse. »

Elle émit un faible grognement dubitatif.

« Et puis, ajouta Michael pour changer de sujet, tu vas tomber à la renverse en voyant cette maison. Aucune photo ne peut lui rendre justice.

– Tu ne lui as toujours pas annoncé que j'étais du voyage ?

– Non, pas question de la priver d'une merveilleuse surprise. »

Un peu plus tard, le chauffeur de taxi, un homme chauve et doté de sourcils spectaculaires, se retourna sur son siège pour leur parler : « Vous devez être la famille américaine de lady Mona. »

Anna était manifestement ravie. « Oui, c'est bien nous. Mona est ma fille.

– Je me le disais aussi. C'est le portrait craché de sa mère. »

Anna hésita, puis marmonna un à peine audible « Merci ».

Michael la fixa du regard, un sourire malicieux aux lèvres, avant de s'adresser au chauffeur : « C'est ce que tout le monde dit, en effet. »

Quand Easley House surgit derrière l'immense pelouse du parc, Anna en eut le souffle coupé.

« Je n'en crois pas mes yeux.

– Pourquoi ?

– Cette maison est si… imposante !

– Et toi qui craignais que Mona n'ait pas assez de place pour te recevoir.

– Eh bien, je sais qu'elle reçoit des hôtes qui paient leur chambre.

– Pas cette semaine. Nous allons avoir toute la baraque pour nous. »

Le chauffeur donna un coup de klaxon quand ils approchèrent du manoir. Pas la plus élégante façon de signaler une arrivée, pensa Michael, mais enfin, c'était du Mona tout craché, le chauffeur et elle devaient avoir depuis longtemps établi le protocole des courses en taxi depuis le Black Bear.

Quelques minutes plus tard, la dame du manoir sortit

en trombe par la porte latérale et se mit à bondir sur place comme une folle tandis que Michael descendait de voiture.

« Oh, Mouse ! s'écria-t-elle. Oh, Mouse ! »

Il crut un instant qu'elle allait lui sauter au cou et enrouler ses jambes autour de sa taille comme elle le faisait autrefois, mais consciente qu'ils n'en réchapperaient sans doute ni l'un ni l'autre, elle préféra le serrer très fort dans ses bras. Ils se balancèrent un moment, ainsi enlacés, chantonnant de joie sous le chaud soleil de juin, jusqu'à ce qu'elle reconnaisse l'autre occupant du taxi.

« Bon Dieu de bon Dieu ! »

Elle tomba à genoux devant la portière. « C'est un putain de miracle ! »

Une expression de froide réprobation apparut sur le visage de marbre encadré de cheveux gris argent, derrière la vitre.

« Tu te donnes en spectacle, ma chérie. Te faut-il toujours autant de bruit et de fureur ?

– Eh oui, répondit Mona. J'adore ça. »

Toujours à genoux, elle se tourna vers Michael :

« C'est toi qui as tout mijoté, espèce de sale crapule ?

– On l'a décidé ensemble. Deux sales crapules. »

Il souriait de toutes ses dents, très satisfait de lui-même. Anna souriait, elle aussi. « Maintenant, laisse-moi sortir. »

Mona se releva et lui ouvrit la portière.

« Bienvenue à Easley, Votre Majesté. »

Anna descendit de la voiture d'un pas un peu chancelant.

« Ne m'appelle plus jamais comme ça. Je pourrais en prendre l'habitude, dit-elle en retrouvant son équilibre. Où est mon petit-fils ?

– Il arrive », répondit Mona à l'instant précis où Wilfred s'élançait à leur rencontre. *En voilà un qui sait réussir son entrée*, songea-t-elle. « Wilfred Porter, je te présente ta grand-mère, Anna Madrigal. »

Wilfred s'avança, claqua des talons et adressa un joyeux salut à Anna. Elle lui fit signe de venir l'embrasser, et il obtempéra sans hésitation.

« Mon Dieu, que tu as grandi depuis les dernières photos !

– Tu trouves aussi ? » dit Michael en les observant à quelques pas de distance.

Wilfred se retourna et lui sourit. « Salut, mon pote », murmura-t-il doucement. Michael eut le sentiment de vivre un moment d'intimité extraordinaire, comme s'ils avaient été dans leur bulle, rien que tous les deux.

Il s'approcha de Wilfred et le serra brièvement dans ses bras, avant de lui donner une tape dans le dos. Toute manifestation de plus grande tendresse – si jamais il devait y en avoir – ne serait possible que lorsqu'ils seraient seuls. Pour l'instant, il y avait trop de témoins.

Alors que Mona les faisait entrer dans la grande salle, Michael eut l'impression de revivre un rêve. Il connaissait les lieux, évidemment, mais il avait presque cessé de croire que tout cela était bien réel, les vitraux couleur de miel, la cheminée monumentale, la galerie des ménestrels au-dessus d'eux, où il avait repéré la présence de Mona la première fois, dix ans plus tôt. Au milieu de la pièce, Anna, bouche bée, les yeux écarquillés, observait un silence respectueux pour embrasser l'ensemble.

« Eh bien, dit-elle enfin, nous en avons parcouru du chemin depuis le Blue Moon Lodge. »

Mona lui prit le bras en riant. « Je suis tellement heureuse que tu sois là. »

Une femme que Michael ne connaissait pas sortit alors de la cuisine et posa un plateau de friandises sur la longue table, au centre de la pièce.

« J'ai pensé que vous voudriez peut-être grignoter quelque chose après votre voyage, dit-elle avec l'accent si caractéristique du sud des États-Unis.

– Oh Rhonda, voici mes amis de toujours, Anna et Michael. Rhonda est une nouvelle connaissance qui habite ici depuis quelque temps, et c'est la meilleure cuisinière de la maison. »

Michael examina le contenu du plateau. « Ces bouchées ressemblent terriblement à des boules au bourbon.

– Mais ce sont des boules au bourbon ! » s'exclama Rhonda, rouge de fierté.

Michael posa un poing sur sa hanche. « Vous venez d'où, jeune dame ? »

Rhonda parut un peu décontenancée. « De Caroline du Nord.

– Moi de Floride, dit Michael. J'ai mangé des boules au bourbon toute mon enfance. » Il prit une des bouchées saupoudrées de sucre sur le plateau et la fourra dans sa bouche.

« Mais où as-tu déniché le bourbon ? s'enquit Mona.

– Au village. Mme O'Leary qui vend toutes sortes d'alcools m'en a fait venir une bouteille. »

Mona secoua la tête avec un petit sourire. « Eh bien, tu m'étonneras toujours.

– Qu'y a-t-il d'autre dedans ? demanda Anna en prenant une boule à son tour.

– Des noix de pécan grillées, du sucre en poudre et des gaufrettes à la vanille.

– Quand on parle du loup… dit Mona en voyant Nilla émerger de la cuisine pour venir renifler les visiteurs. Je vous présente Miss Vanilla Wafer[1]. »

La chienne se mit à tourner autour de Michael et d'Anna, en agitant la queue comme une banderole.

« Mais regardez-moi un peu cette beauté ! s'exclama Michael. D'où viens-tu, toi ?

– Un ami me l'a confiée. Il ne pouvait plus s'occuper d'elle.

– Pourquoi ? »

Mona semblait hésiter et Rhonda intervint : « Il était en train de mourir du sida.

– Oh ! fit Michael. Que je suis bête ! J'aurais dû y penser. » Il échangea un regard triste avec Mona, qui haussa les épaules en signe de compréhension – à sa place elle n'y aurait sans doute pas pensé non plus. « Impossible d'y échapper, pas vrai ? »

Rhonda porta la main à sa poitrine. « J'espère que je n'ai pas parlé trop vite.

– Pas du tout, répondit Mona. On est en famille ici. »

Mona conduisit Anna dans sa chambre, à l'étage. Wilfred et Michael leur emboîtèrent le pas peu après.

« On va donner la plus belle chambre à Anna, expliqua

1. *Vanilla wafer* signifie « gaufrette à la vanille ».

Wilfred. On ne savait pas qu'elle venait mais… Mona a pensé qu'elle devait prendre celle qu'on t'avait préparée.

– Pas un mot de plus. Je suis tout à fait d'accord.

– La tienne est pas mal non plus.

– Elles me semblent toutes très bien. »

Wilfred eut un petit rire. « Crois-moi, certaines foutent un peu les jetons.

– Je suis tellement content d'être là », dit Michael.

Wilfred lui toucha le bras. « Moi aussi je suis content, mon pote. » Michael se demanda s'il allait se passer quelque chose de plus, mais le jeune homme se retourna pour ouvrir une porte. « Voilà ! »

La chambre convenait parfaitement à Michael. Un lit à une place qui paraissait confortable, deux fauteuils tapissés de velours, un peu défraîchis, une belle vue sur les collines alentour. Le lit à une place était-il, cependant, une façon de lui signifier qu'il allait dormir seul pendant tout le séjour ? Il se rappela alors que « la plus belle chambre » avait initialement été préparée pour lui.

« Tu dors où, toi ?

– Au bout du couloir… sous les combles.

– Ça m'a l'air franchement… exotique. » Michael s'apprêtait à dire « romantique », mais le mot lui avait paru trop chargé de sens.

« Je te montrerai mon repaire plus tard, si tu veux. D'ici là… » Il posa la valise de Michael par terre. « … j'imagine que tu veux prendre le temps de t'installer tranquillement. Cette chambre a sa propre salle d'eau avec une douche et un lavabo, et il y a une magnifique baignoire dans celle d'Anna, qu'elle te laissera utiliser, j'en suis sûr.

– Parfait pour moi, dit Michael en s'asseyant au bord du lit comme pour le prouver.

– Rejoins-moi dans la grande salle quand tu te seras rafraîchi. Je te ferai faire le tour de la maison et du parc. »

Michael lui sourit faiblement : « Je suis déjà venu, tu te rappelles ?

– OK… mais c'était il y a longtemps. »

C'était il y a longtemps effectivement, songea Michael. Le gamin dragueur qui avait tout fait pour le séduire avait grandi – il le dépassait même d'une tête – et il émanait de lui une sorte de gravité presque intimidante. Toutes ces lettres au fil des ans ne lui avaient rien laissé prévoir de l'homme que Wilfred était devenu. Tout comme pour la vieille maison, il allait devoir refaçonner l'image qu'il avait gardée.

Michael jugea préférable de ne pas évoquer le passé.

« Au fait, cette gentille dame du Sud, c'est la dernière conquête de lady Mona ? »

Wilfred secoua énergiquement la tête. « Elle est arrivée ici comme cliente, et maintenant elle vit avec nous en tant qu'amie. »

Michael haussa un sourcil soupçonneux. « Je ne sais pas, mais ça ressemble terriblement au mode opératoire de Mona. »

Wilfred écarquilla les yeux. « Je pense pas qu'elles couchent ensemble si c'est ce que tu insinues.

– OK, rien qu'une amie. J'ai compris.

– Le mari de Rhonda l'a tabassée une fois de trop pendant qu'ils séjournaient ici, alors on l'a aidée à se débarrasser de lui, et elle est restée au manoir.

– Et son mari est passé où ? »

Wilfred haussa les épaules. « Aucune idée. Il a dû rentrer à Tarbilly, je suppose.

– Où ça ?

– Un bled en Caroline du Nord. Lui et moi, on ne s'entendait pas très bien. Il m'a traité de “sale rosbif négrillon, avec un parapluie dans le cul”. »

Il se fendit d'un sourire et Michael l'imita. « En tout cas, c'est assez original comme insulte.

– Ouais, mais il y a que mes copains qui ont le droit de me parler comme ça. »

Michael éclata de rire. Fugitivement, il venait de retrouver le Wilfred qu'il avait connu.

Mona et Wilfred organisèrent une visite du manoir quand leurs invités se furent rafraîchis. En longeant un couloir aux murs tapissés de sombres portraits d'ancêtres, Wilfred se tourna vers Mona : « Maintenant, épargnez-nous vos récits rocambolesques, milady. »

Mona lui jeta un regard furibond.

« Elle invente toutes sortes d'histoires sur ces gens, expliqua-t-il. Pour le plus grand plaisir de nos hôtes.

– Eh bien, regardez-les un peu, dit-elle en désignant le portrait d'une matrone portant une espèce de napperon sur la tête. Personne n'a la moindre idée de qui c'est, alors autant lui imaginer une vie spéciale. Et puis, quel mal y a-t-il à la présenter comme une lesbienne mystique ? C'est sans doute une existence plus intéressante que celle qu'elle a eue en réalité. En fait, je lui accorde une faveur. Qu'est-ce qu'elle pouvait bien fabriquer avec ce machin sur la tête ? »

Au bout du couloir, Wilfred ouvrit une porte qui conduisait à une terrasse haut perchée.

« C'est quoi, ça ? Un belvédère ? demanda Michael.

– Plus ou moins. C'est d'ici qu'on a la plus belle vue. Là-bas, c'est la folie. Tu te rappelles, Michael ?

– Et comment ! » Cette allusion à leur passé commun lui faisait plaisir.

« Tout simplement magnifique ! s'exclama Anna, qui semblait toujours ne pas en croire ses yeux. Quel est ce bâtiment, là-devant ?

– La chapelle, répondit Mona. C'est là que Teddy et moi nous sommes mariés. Je n'y ai plus remis les pieds depuis. » Et elle ponctua cet aveu d'un petit sourire figé.

« Vous avez une chapelle privée ? C'est merveilleux, dit Anna.

– Elle ne sert plus à grand-chose aujourd'hui. M. Hargis y range ses outils.

– M. Hargis ?

– Le jardinier.

– Je me souviens de lui, dit Michael.

– J'ai bien peur qu'il ait un peu lâché le guidon maintenant, reprit Mona. Il pourchasse des gitans imaginaires et on ne sait jamais où le trouver. Il travaille ici depuis la naissance de Teddy, alors je n'ai pas le cœur à me défaire de lui. En plus, il adore Easley et il continue à tondre la pelouse.

– Je comprends, dit Anna d'un ton posé. Tu te montres généreuse. »

Mona refusa le compliment d'un haussement d'épaules. Les compliments l'avaient toujours crispée, se rappela Michael.

« Et tout là-bas, intervint Wilfred, en pointant le doigt vers la gauche, c'est le bois des jacinthes sauvages. Elles étaient très belles cette année, mais au mois de mai, il y en avait déjà plus. Elles refleurissent tous les ans dans ce bois, et certains racontent que c'est pareil depuis trois cents ans.

– Vraiment ? s'étonna Anna. Comment as-tu appris autant de choses ?

– En vivant ici. Easley est une super prof. Elle m'a enseigné tout ce que je sais.

– Tu en parles au féminin ? s'étonna Michael.

– C'est comme ça maintenant ! dit Mona. Maman n'autorise pas le moindre signe de machisme patriarcal dans les parages. »

Les deux visiteurs éclatèrent de rire. « Il y a décidément des choses qui ne changent pas », commenta Michael.

Wilfred et Mona rentrèrent dans la maison. Michael les suivit avec Anna, en la tenant fermement par le bras dans l'escalier escarpé.

« Tu pourrais te fracasser les os sur ces marches !

– Exactement comme à Barbary Lane », répondit Anna.

Quand ils atteignirent enfin la grande salle, le thé les attendait, manifestement servi par cette femme du Sud qu'ils avaient rencontrée à leur arrivée.

« Vous êtes absolument charmante », déclara Anna en acceptant un canapé que Rhonda lui présentait.

Michael se réjouit une fois de plus d'avoir insisté pour qu'Anna soit du voyage. Avec elle, le plaisir était double : un heureux mélange de souvenirs et de découvertes.

26

De parfaits inconnus

Anna savait que Michael et Mona avaient besoin de rattraper le temps perdu, elle les laissa donc dans la bibliothèque et partit faire un petit tour dans le parc. Il faisait une chaleur agréable et la campagne était emplie de chants d'oiseaux mélodieux. Le ciel était d'un bleu aussi intense que celui du nord de la Californie. Elle se sentait étrangement heureuse dans cet endroit si exotique, comme si elle y avait toujours été chez elle.

Au bout de dix minutes de marche, la grosse chienne jaune qu'elle avait rencontrée la veille la rejoignit.

« Eh bien, bonjour, Nilla. Comment vas-tu par ce beau matin ? »

La chienne lui lécha copieusement la main et tourna deux fois autour d'elle.

« Tu veux m'accompagner dans ma promenade ? »

Nilla eut l'air de comprendre ou, du moins, de reconnaître ce mot universel, parce qu'elle se mit à agiter frénétiquement la queue.

« Bon, d'accord. Montre-moi le chemin. »

La chienne s'exécuta et fila devant Anna à travers bois, revenant de temps à autre sur ses pas pour que la vieille dame puisse la rattraper.

Choquée, Mona eut un mouvement de recul. « Mouse !

– C'est pourtant la vérité. Personne n'y échappe.

– Je sais. Je suppose qu'on remarque surtout les beaux mecs qui l'attrapent. Wilfred connaît trois Love Muscle Dancers qui en sont morts.

– C'est quoi ça, les Love Muscle Dancers ?

– Des types qui se produisent dans un club à Brighton. Des culturistes qui brandissent leur bite sur la scène à la fin du numéro.

– Tu y déjà allée ?

– Bon Dieu, non. J'ai fait le plein de ce genre de trucs pour toujours. »

Michael lâcha un petit rire. « Les hommes, c'est fini pour toi, hein ?

– Je n'ai jamais dit ça. Je ne sais pas bien où j'en suis en ce moment.

– Et la postière ?

– Quoi, la postière ?

– Ça roule toujours ?

– C'est terminé. Super au pieu, mais j'ai découvert qu'elle était complètement transphobe.

– Oh, merde ! Tu lui as parlé d'Anna ?

– Non, mais elle a exprimé très clairement ce qu'elle pense de nos sœurs. Je ne peux pas l'accepter, Mouse. Bien sûr, elle pourrait évoluer… tout le monde peut évoluer… mais il lui faudra du temps, et moi je n'en ai pas, la vie est trop courte.

– Je te comprends.

– S'il te plaît, pas un mot de tout ça à Anna.

– Pourquoi ?

– Parce qu'elle trouverait le moyen de se sentir coupable et qu'elle essayerait de recoller les morceaux. Ce serait vraiment affreux. Alors, boucle-la, d'accord ? »

Michael leva la main droite. À l'évidence, Mona était sérieuse.

« Tu as parlé avec Wilfred ? Je veux dire seul à seul. »

Tellement typique de Mona de détourner la conversation pour s'intéresser à lui.

« Ouais, mais… c'est resté assez formel. J'ai eu l'impression d'être face à un employé qui me montrait une chambre d'hôtel.

– Tu crois qu'on passe notre temps à faire quoi, ici, mon bonhomme ?

– Je sais. Mais… peut-être qu'il avait juste la trouille. En tout cas, moi oui.

– Toi ? Mais de quoi ? Vous vous écrivez depuis des lustres.

– C'est bien là le problème. Il me semble trop proche, maintenant. Comme un petit frère. Et je ne suis pas sûr de vraiment vouloir…

– Arrête tout de suite ! Ne finis pas cette phrase !

– Très bien. Tu m'as compris. Ça serait un peu comme un inceste, non ? C'est ton fils après tout. Je ne peux quand même pas me le faire.

– Qu'est-ce qui te fait croire que ça dépend de toi ?

– Allons… Ce n'est pas ce que je voulais dire. J'ai tout à fait conscience que je pourrais… ne pas l'intéresser.

– Et moi, j'ai tout à fait conscience que Thack et toi êtes au bord de la rupture, et je ne veux pas que tu te serves de mon fils pour t'aider à te remettre.

– Tu as la dent un peu dure.

– C'est pourtant un peu vrai.

– Il a vingt-six ans, Mona.

– Et toi… combien ? Quarante-cinq, c'est ça ? Mais tu es toujours autant en mal d'affection. Tu es toxique dans ces moments-là, Mouse. Tu le sais aussi bien que moi. »

Une pensée vint à l'esprit de Michael, qui le troubla.

« C'est Wilfred qui t'a demandé de me faire ce speech ?

– Bien sûr que non ! Je n'ai pas besoin de lui pour ça.

– Alors fais-moi plaisir, parlons d'autre chose », dit Michael, avant d'ajouter sur un ton plus doux : « Et ne t'inquiète pas. On est sur la même longueur d'onde.

– Je ne suis sur la longueur d'onde de personne. Simplement, je vous aime tous les deux. Et je ne veux pas que vous souffriez, ni l'un ni l'autre.

– C'est compris.

– Un pique-nique sur la grande pelouse ce soir, ça te dirait ? »

Il lui sourit. « Oui, beaucoup.

– J'ai de l'herbe du tonnerre de Dieu. Tu aimes toujours en fumer ?

– J'attendais que tu m'en proposes.

– Anna aussi ?

– Tu plaisantes. Il y a des choses qui ne changent pas. Mais on s'était promis de ne pas en apporter dans nos bagages.

– Vous avez bien fait. Ils ne rigolent pas avec ça dans ce pays. Il faut être prudent quand on voyage.

– Le pique-nique fait partie des réjouissances du solstice d'été ?

– Non. La fête du solstice, c'est dans quelques jours. Il y aura un grand feu de joie et on tournera autour en faisant des vœux.

– Oh, mon Dieu !

– T'inquiète pas. C'est très sympa. Et il ne faut confier ses vœux à personne.

– C'est le rite païen, tout ça ?

– Théoriquement, c'est la Saint-Jean. Le Vatican a volé la fête aux païens au IVe siècle. C'est pour ça qu'il y a des feux de joie et des mâts enrubannés.

– Toi, tu plantes un mât ?

– Certainement pas ! C'est beaucoup trop phallique pour moi. Pas question de danser autour d'une bite. Ils font ça à l'église anglicane pendant la vente de gâteaux. »

Michael pouffa de rire.

« Ce vieux pays est bien étrange, dit-elle.

– Mais il a l'air de te plaire.

– Oh oui ! Et il me reste encore plein de choses à découvrir. »

Il se rendit compte qu'elle parlait sérieusement.

« Rends-moi service, reprit-elle au bout d'un moment. Pas un mot de tout ça à Rhonda.

– C'est qui, Rhonda ?

– La dame qui a fait les boules au bourbon. Elle est très croyante et je ne veux pas qu'elle pique une crise. »

Michael écarquilla les yeux. « Ça ne te ressemble pas, pourtant.

– Je sais, mais je l'aime bien. Et au fond, elle est très gentille. Surtout, elle a connu un putain d'enfer avec son trou du cul de mari.

– Oui, Wilfred m'a raconté.

– Un vrai monstre. Il lui cognait dessus depuis des années.

– Comment vous vous êtes débarrassés de lui ?

– On lui a fait croire qu'elle était retournée à Londres et il est parti à sa recherche.

– Et depuis, elle vit avec vous ?

– Oui. C'est une aide précieuse pour faire tourner la maison.

– Je vois. Déjà, c'est une bonne cuisinière. »

Mona plissa les yeux. « Fais pas le malin. Je me suis nettement améliorée avec le temps. »

28

À souhait

Dans la cuisine, Wilfred et Rhonda faisaient frire du poulet pour le pique-nique.

« J'ai été surprise de trouver du babeurre au village, dit Rhonda.

– C'est pour la pâte à frire ? demanda Wilfred.

– Oui, mais pas tout de suite. D'abord, on trempe le poulet dedans. Il contient des enzymes qui attendrissent la volaille mieux que quoi que ce soit d'autre. »

Wilfred l'observa tandis qu'elle plongeait les morceaux de poulet dans un grand saladier en céramique rempli de babeurre.

« Qui l'eût cru ? dit-il en ajoutant lui-même quelques morceaux dans le saladier. Et ensuite, on fait quoi ?

– On laisse mariner pendant environ une heure. D'habitude, je préfère que ça repose une nuit entière, mais là, ça me semble à souhait.

– À quoi ?

– À souhait. Une vieille expression qu'on utilise dans le Sud. Ça veut dire... que c'est exactement ce qu'il nous faut.

– Ça alors !

– Je suppose que tu dois me trouver un peu ringarde.

– Pas du tout. Je te trouve charmante. »

Rhonda rougit jusqu'aux oreilles.

« Je veux dire, enfin tu vois, avec ton accent chantant.

– Merci, j'aime beaucoup le tien aussi. »

Wilfred roula les yeux, surpris.

« Le mien est pas vraiment stylé.

– Que veux-tu dire ?

– Je sais pas trop. Pas très élégant. Pas très classe.

– Eh bien, je ne suis pas très classe non plus. Ernie me disait toujours que je parlais comme une paysanne. Comme une pauvre Cherokee.

– Je croyais qu'on l'avait jarté, cet empafé.

– J'imagine que je ferais mieux de ne pas te demander ce que ça signifie. »

Elle esquissa un petit sourire.

« De toute façon, tu vois ce que je veux dire.

– En vérité, je suis heureuse qu'un océan nous sépare maintenant, sincèrement. Mais tout s'est passé si précipitamment. Je n'ai jamais vraiment eu mon mot à dire.

– Il fallait agir vite, tu sais, sinon…

– Oh, mais je ne vous reproche rien. Mona et toi, vous avez fait exactement ce qu'il fallait. Seulement, je suis toujours si en colère contre Ernie et je n'ai jamais eu l'occasion de le lui dire en face. »

Wilfred plongea un pilon de poulet dans le babeurre.

« Tu lui aurais dit quoi ? »

Rhonda réfléchit quelques secondes. « Tellement de choses, en fait. Que toute ma vie, je n'ai cessé de m'excuser auprès de lui, alors que ça aurait dû être l'inverse.

– Exact.

– Et qu'il me rabaissait sans arrêt devant ses amis.

– Je connais ça. Plusieurs de mes petits copains y prenaient un malin plaisir. »

Un instant décontenancée, elle finit par demander : « Tu en as eu beaucoup… des petits copains, je veux dire ?

– Non, pas trop. C'est pas simple pour un garçon gay qui vit à la campagne.

– Ah bon ?

– Je sais, on croirait que c'est facile dans un aussi joli coin. Mais soit ils ont pas fait leur coming out, soit ils restent cloîtrés chez eux avec un mec. Si je veux rencontrer quelqu'un de sympa, il faut que je prenne le train, et même là, c'est rare qu'on en arrive au stade du “petit copain”.

– Quel dommage ! »

Wilfred haussa les épaules. « Y a des choses pires que ça. Comme vivre ailleurs qu'ici… ou avec un type comme Ernie. »

Rhonda garda le silence.

« Tu mérites tellement mieux que lui, Rhonda. Tu es jolie et gentille… et tu cuisines comme une déesse.

– Tais-toi maintenant.

– J'adore quand tu dis ça… C'est un ordre, mais ça ressemble à une berceuse. »

Elle garda les yeux rivés sur le blanc de poulet qu'elle était en train de plonger dans le saladier.

« Alors obéis, s'il te plaît. Je ne suis jamais à l'aise avec les compliments.

– Oooh…

– D'ailleurs, c'est de toi que nous parlions.

– Ah oui. On en était où ? Tu regrettais que je trouve pas de petit copain. Dis-moi, tu penses que c'est très chrétien de ta part ?

– Ce que tu peux être méchant !

– Je sais.

– Aimer Jésus ne m'empêche pas de t'aimer aussi. »

Il s'étonna de se sentir aussi gêné par cette déclaration.

Ils saupoudrèrent de paprika les morceaux de poulet, les mirent à frire, puis épongèrent l'excès d'huile. Ensuite ils firent bouillir une demi-douzaine d'épis de maïs et commencèrent à remplir le gigantesque panier de pique-nique en osier.

« Tu crois que nos invités apprécieraient un peu de scrumpy ? » demanda Rhonda.

Wilfred haussa un sourcil amusé.

« J'en ai mis à rafraîchir au frigo. Il y en aura "à souhait".

– Parfait.

– Tu craches pas dessus, hein ? »

Rhonda lui jeta un regard chargé de reproche, puis changea de sujet :

« Ce panier de pique-nique est somptueux. J'adore la doublure.

– C'est un cadeau. Il vient de chez Fortnum & Mason. On n'aurait jamais pu s'en payer un pareil. Il était rempli de bouteilles de vin, de biscuits et de petits gâteaux.

– Quel ami attentionné !

– Eh bien, c'est là le hic. C'est pas du tout une amie. Elle nous envoie des trucs de temps en temps parce qu'elle veut qu'on lui vende la maison.

– Qui est-ce ?

– Elle s'appelle Fabia Dane. Son mari a fait fortune en vendant des chips. Elle sait qu'on est fauchés et elle se dit qu'on va craquer tôt ou tard pour le paquet de fric qu'elle propose.

– Mais Mona ne fera jamais une chose pareille, n'est-ce pas ?

– Jamais. Et moi non plus.

– Très bien. J'espère que vous ne le lui vendrez jamais.

– Tu verras, je suis sûr que Fabia va débarquer à la fête du solstice avec un cadeau hyper chic.

– Tu veux dire qu'elle est invitée ?

– Pas du tout, mais le feu de joie, c'est public. Tout le monde peut venir. Bon, en général, on est entre quarante et cinquante personnes. Surtout des gens du village.

– Ça m'a l'air tout à fait charmant, dit Rhonda. J'ai hâte d'y assister. »

29

Le Wilfred de ses souvenirs

Michael jugea préférable de ne pas s'amuser à jouer les vierges effarouchées quand Wilfred proposa de lui faire visiter sa chambre.

« D'accord, répondit-il d'un ton joyeux. J'adorerais la voir. Il paraît que c'est une vraie caverne d'Ali Baba.

– C'est Mo qui t'a dit ça ? »

Michael sourit de toutes ses dents. « Oui, et d'un ton on ne peut plus élogieux. »

Wilfred ouvrit une porte et entra, suivi de Michael, dans une pièce haute de plafond, envahie de tapis d'Orient, dans le but évident de suggérer la tente d'un pacha. Il y avait des cartes postales et des photos épinglées partout. Michael se reconnut sur un des clichés – torse nu, par un jour d'été au bord de la Yuba River, où les ombres et le soleil de fin d'après-midi mêlées le faisaient paraître tout à son avantage. Il avait hésité avant de l'envoyer à Wilfred, et fut donc ravi de le voir exposé en bonne place.

Au-dessus du lit était accroché un poster en noir et blanc représentant le visage d'un homme à moitié plongé dans la pénombre. La seule note de couleur était le vert de son œil perçant.

« C'est George.

– Harrison ? Il faisait des essais de pilosité faciale, on dirait ?

– George Michael, espèce de nul !

– Ah oui… je le reconnais maintenant. Il est de plus en plus sexy avec les années, non ?

– Moi, je crois qu'il a simplement fini par admettre sa sexualité, et ça, ça te rend particulièrement sexy quand tu acceptes de l'afficher ouvertement. »

Michael se rendit compte, avec cette remarque, combien le Wilfred de ses souvenirs avait évolué politiquement, il n'était plus cet ado déluré pour qui le sexe ne signifiait pas autre chose que le sexe. Pour l'adulte qu'il était aujourd'hui, la transparence était devenue quelque chose d'important.

« Il a fait son coming out ?

– Pas encore, mais bientôt, je crois.

– Qu'est-ce qui te le fait penser ?

– Eh bien… j'ai tenu sa bite dans ma main, le mois dernier, à Hampstead Heath. »

Michael prit un air éberlué pour ne pas laisser transparaître ce qu'il pensait réellement : *Eh bien voilà, aujourd'hui ce magnifique garçon à la peau café au lait est capable de s'envoyer en l'air avec des stars internationales.*

Wilfred parut lire dans ses pensées. « Je le connais pas vraiment. C'était juste dans un lieu de drague.

– Je vois. Et ça t'a plu ?

– Pas spécialement. Il m'a foutu la trouille.

– Pourquoi ?

– Il portait une cagoule de catcheur.

– Alors, comment tu sais que c'était lui ?

– Quelqu'un me l'a dit après.

– Apparemment, il n'est pas encore complètement sorti du placard.

– Qu'est-ce qu'il y peut, le malheureux ? Comment faire pour s'envoyer en l'air anonymement quand on est hyper célèbre ? Moi, je crois que ça prouve qu'il veut simplement passer du temps avec des mecs comme lui. »

Michael jeta un œil vers l'icône aux yeux verts, au-dessus du lit.

« C'est une façon très généreuse de voir les choses.

– Il va faire son coming out, je te dis. Dès qu'il aura pigé qu'il a rien à perdre.

– Une sacrée révolution, ironisa Michael. Alors comme ça, on drague encore à Hampstead Heath ?

– Pourquoi pas ? C'est moins dangereux que de ramener quelqu'un à la maison. Et même moins dangereux que le *dogging*.

– Qu'est-ce que c'est ?

– Tu sais... ce que font les hétéros... ils se garent sur un chemin de campagne avec leur femme et ils baisent dans la voiture pendant que d'autres se rincent l'œil en se branlant. »

Michael pencha la tête d'un air dubitatif. « Tu parles sérieusement ? Il y a des gens qui font ça ?

– Mais oui, et plus souvent qu'à leur tour, crois-moi. Il y a un grand parking derrière la station Esso à Cirencester où les exhibos et les mateurs se rassemblent dès la fermeture des pubs. De gros culs blancs qui se pressent contre les vitres, des pieds qui sortent par les toits ouvrants, et… je te raconte pas le reste.

– Pas la peine, effectivement. »

Wilfred sourit. « En même temps, il faut les comprendre. La vie finit par être monotone à la campagne pour des gens comme eux.

– Mais pas pour toi, si j'ai bien compris. »

Michael savait qu'il venait de franchir un cap dangereux mais nécessaire.

« Eh bien, expliqua Wilfred, je prends le train pour Londres environ tous les quinze jours.

– Pas mal.

– Et des fois, je ramène un bon plan à la maison.

– OK, et Mona, ça ne lui pose pas de problème ?

– Ben non. Un jour, je suis rentré avec un maçon de Bourton-on-the-Water, et Mo nous a servi le petit déjeuner au lit, le lendemain matin. »

Michael avait plusieurs raisons de se sentir jaloux, mais il n'en avoua qu'une : « Je me rappelle qu'elle avait fait la même chose, un jour où j'avais ramené un gars à Barbary Lane.

– Sans blague ? Quand ?

– Oh, il y a très longtemps. »

Le gars en question, c'était Jon, bien sûr, mort depuis dix ans aujourd'hui, même si c'était encore difficile à admettre. Le matin où ils s'étaient réveillés ensemble pour la première fois à Barbary Lane, Mona avait fait apparaître comme par enchantement un plateau de petit déjeuner sur leur lit. Comment avait-elle pu rejouer cette scène familiale sacrée pour un maçon inconnu de Bourton-on-the-Water ? Un ouvrier extraordinairement sexy, sans aucun doute, avec une ceinture porte-outils et un corps musclé, plus jeune que Michael d'au moins dix ans. Le culot de cette femme était inimaginable !

« Elle sait se montrer charmante », dit-il sans plus de commentaires.

Il eut une révélation soudaine au moment où ils quittaient la chambre. Tout le temps qu'ils y étaient restés, Wilfred et lui avaient seulement parlé de relations sexuelles qu'ils avaient eues avec d'autres. L'évidence s'imposait : ils étaient des frères maintenant (ou même des sœurs gays), et donc il leur était impossible d'avoir du désir l'un pour l'autre.

Ils ne s'étaient même pas embrassés.

30

L'instant présent

Le crépuscule nimbait la grande pelouse de sa lumière cuivrée quand ils commencèrent à déguster le poulet frit au babeurre de Rhonda, installés sur des couvertures en patchwork, parsemées de coussins. Mona était étendue près d'Anna. Voyant celle-ci appuyée sur un coude et manifestement pas très à son aise, elle s'inquiéta :

« Je vais aller te chercher un siège. Tu n'es pas bien comme ça.

– Non, non. J'ai envie de me prélasser. Ça ne m'est pas arrivé depuis des années.

– Non sans raison, ma très chère.

– Tais-toi. Ne me prive pas de ma dernière chance de me laisser aller. Je veux être Virginia Woolf, alanguie sur sa pelouse. » Elle s'étira voluptueusement pour faire valoir son point de vue.

« Comme tu voudras, Virginia, répondit Mona en lui tendant un coussin. Mais mets ça sous tes fesses. »

Anna obtempéra.

« Qu'est-ce que tu voulais dire par "dernière chance" ? demanda Mona.

– Rien de sérieux, ma chérie. Je veux seulement parler de

ces… de toutes ces… de la beauté de tout ça, en ce moment précis. » Elle montra du doigt la grande bâtisse mordorée qui s'élevait derrière elle. « Ce que nous avons sous les yeux, là tout de suite, c'est si émouvant de beauté, et d'ici peu, tout aura disparu, alors… vivons l'instant présent.

– Mais je vis l'instant présent, protesta Mona. Dis-moi, tu n'aurais pas mis le nez dans ma petite réserve d'herbe ?

– Jamais de la vie ! Tu sais très bien que je t'aurais demandé la permission. Wilfred m'a donné un space cake.

– Je me disais aussi que tu avais des pensées bien métaphysiques, d'un seul coup. »

Michael gloussa, tandis que tous les yeux se tournaient vers Wilfred. « Ce garçon sait faire plaisir à ses invités, remarqua-t-il avec un petit sourire.

– Il a été parfait », renchérit Anna.

Mona se sentit un peu vexée.

« Tu croyais que je n'avais pas prévu de l'herbe pour le pique-nique ? »

Rhonda sortit alors de la maison en portant une glacière remplie de bouteilles de scrumpy.

« Merci du fond du cœur, et maintenant assieds-toi, lui dit Mona. On pourrait bien ne jamais se relever. »

Rhonda s'exécuta, mais avec une certaine raideur, et Mona lui envoya un coussin. « Aujourd'hui, on se prélasse. Merci aussi pour ce poulet extraordinaire, Rhonda.

– Wilfred et moi l'avons préparé ensemble.

– C'est pas beau de mentir. J'ai juste joué les marmitons. »

Michael tira une bouteille de la glacière. « Ça m'a l'air délicieux, Rhonda. Qu'est-ce que c'est ?

– C'est le fameux scrumpy de M. Hargis. Il le fait avec des pommes cueillies à Easley.

– Du scrumpy ? M. Hargis ?

– Oui, j'ai parlé de lui hier, répondit Mona. C'est le vieux jardinier. Une sorte de gardien des lieux, qui ne garde plus grand-chose, le malheureux.

– Ah, fit Anna, je pense que je l'ai rencontré pendant ma promenade. Il était dans la petite chapelle, l'air tout triste d'avoir perdu sa femme.

– Elspeth, précisa Wilfred. Cette femme était une vraie virago, mais elle lui manque quand même.

– Elle est décédée depuis quand ? demanda Rhonda.

– Oh… six ou sept ans, je crois.

– Ils ont dû connaître le grand amour, soupira Rhonda.

– Qu'est-ce qui vous fait dire ça ? demanda Michael.

– Eh bien… si elle était aussi terrible et qu'elle lui manque encore… il me semble que ce devait être une grande histoire d'amour. Les gens peuvent continuer à s'aimer profondément même s'ils ont cessé de s'apprécier. »

Mona leva discrètement les yeux au ciel. Manifestement, Rhonda essayait encore de défendre son mariage désastreux avec ce tyran d'Ernie. Pareil aveuglement était ahurissant, et même terriblement pitoyable. Malgré les légères traces d'ecchymoses qu'on voyait encore, elle s'accrochait à l'idée d'une réconciliation.

Mona se jura qu'elle ferait tout pour empêcher ça.

Le cidre remporta un franc succès. Le bourdonnement qu'il vous provoquait dans la tête, et qui avait le don d'arrondir tous les angles, n'y était pas pour rien. Anna le baptisa même

« le crack du cidre ». Il dénoua les langues de Wilfred et de Michael, qui échangèrent avec enthousiasme des anecdotes du temps où ils s'étaient connus à Earl's Court, notamment sur un bar lesbien appelé Le Heds où ils étaient entrés à la recherche de Mona, et sur le piercing en or que lord Teddy portait à un téton et que, de façon un peu absurde, Michael avait jugé inquiétant, à l'époque. Rhonda enregistrait toutes ces informations avec un sourire placide. Elle s'esclaffait même de temps à autre quand elle comprenait une plaisanterie. Elle faisait tous les efforts possibles pour trouver sa place dans ce cercle, et son attitude parut à Mona infiniment touchante.

31

Leur médiateur

Rhonda fut la première à quitter le pique-nique. Non qu'elle n'y ait pas pris plaisir. Elle se disait seulement que toutes ces gentilles personnes formaient une famille, avec une histoire commune, et qu'il leur fallait un peu de temps en privé. Par ailleurs, l'effet de deux bouteilles de scrumpy avaient soudain ravivé sa ferveur religieuse. Elle avait besoin de se retrouver seule avec ses pensées – et son père céleste – dans un endroit tranquille.

Fort heureusement, Easley ne manquait pas de refuges de ce genre. Elle pensa d'abord à la bibliothèque, puis à la banquette de fenêtre dans la grande salle, mais elle finit par choisir sa propre chambre qui jouissait d'une vue sur la folie et d'une porte qu'elle pouvait fermer à clé. Les interruptions intempestives étaient les ennemies de la prière. Elle tira la lourde bergère vers la fenêtre ouverte et s'y enfonça avec un soupir d'aise. Une légère brise lui caressait le visage, aussi douce que la main de Dieu. Elle ferma les yeux et laissa une prière s'échapper de ses lèvres.

Mon doux Jésus, j'ai besoin de Ton aide. Ernie et moi sommes séparés depuis un mois maintenant, et tant de choses ne sont toujours pas réglées. Les gens qui vivent ici ont été si gentils pour moi, et ils pensent qu'Ernie ne me vaut rien de bon ; ils ont sans doute raison, mais ils ne le connaissent pas aussi bien que moi. Ils ne veulent même pas m'entendre parler de lui parce qu'ils sont convaincus que ça me fait encore plus de mal. Leurs intentions sont louables, mais ils ne peuvent pas se rappeler le Ernie que j'ai connu autrefois. Ils ne savent rien des moments précieux que nous avons partagés, de toutes les belles choses qui se sont passées quand nous étions jeunes. Je suis certaine qu'une partie de cet Ernie-là existe toujours, mais je n'ai pas eu la possibilité de m'en assurer parce que je l'ai chassé de ma vie si abruptement. Alors voici la question que je me pose : est-ce que je devrais téléphoner à Tarboro et avoir au moins une conversation avec lui ? Si Tu penses que oui, fais-moi un signe, s'il Te plaît. N'importe lequel. Merci, Jésus, de m'avoir écoutée. Amen.

Rhonda resta lovée dans son fauteuil bien après la fin de sa prière. Elle aimait regarder la petite folie, avec son dôme en forme de bonnet d'âne, qui prenait une teinte violette dans les dernières lueurs du jour. De la grande pelouse montaient encore des éclats de rire, et Rhonda, pour sa plus grande joie, pouvait identifier chacun d'eux, y compris celui, discret, de l'imposante mère de Mona, cette femme que tous appelaient par son prénom.

Le scrumpy lui donnait de plus en plus envie de dormir. Elle se dirigea vers son lit et, sans se déshabiller, elle s'allongea et remonta les couvertures. Elle s'endormit presque aussitôt et rêva d'un été, très longtemps auparavant, où Ernie et elle s'étaient ébattus avec les enfants dans les vagues à Wrightsville Beach. Elle se sentait si heureuse dans le halo doré de ce rêve qu'elle sursauta violemment en entendant un bruit dans le couloir – des pas pourtant feutrés qui faisaient craquer les lattes du plancher, comme toujours dans cette vieille demeure. Wilfred (ou son ami de San Francisco) se retirait probablement dans sa chambre après avoir bu trop de cidre. Exactement comme elle.

Parfait, pensa-t-elle en se pelotonnant de nouveau sous les couvertures. *Je ne serai plus seule à cet étage.*

Elle ne savait pas combien de temps elle avait dormi, mais quand elle se réveilla, quelqu'un avait glissé une enveloppe sous sa porte. Une enveloppe aux armoiries d'Easley, pareille à celles qu'utilisait Mona pour correspondre avec ses clients. Elle la ramassa. Elle portait simplement le nom de Rhonda, et l'écriture lui était si familière qu'elle fut saisie de frayeur.

Elle sortit dans le couloir et regarda d'un côté, puis de l'autre. Personne. Elle retourna dans sa chambre, ferma et verrouilla la porte, puis s'assit dans la bergère et ouvrit l'enveloppe. Sur une feuille de papier à l'en-tête d'Easley, elle lut le mot suivant :

Ma belle mariée,

S'il te plaît, n'aie pas peur, mais je suis avec toi maintenant.

Le Seigneur m'a enjoint de te contacter. Je te demande seulement de me donner la possibilité de m'expliquer. Si tu veux bien me l'accorder, retrouve-moi près de notre banc, dans le petit bois aux jacinthes sauvages, à 11 heures, ce soir. N'en parle pas aux autres. Ils ne nous connaissent pas vraiment.

Je t'aime tant que je ne peux pas vivre sans toi. Il fallait que je te le dise.

ERNIE

Rhonda relut le message deux fois pour tenter de comprendre. Était-ce bien vrai ? Depuis combien de temps Ernie était-il là ? Avait-il jamais quitté les lieux ? L'idée était à la fois rassurante et terrifiante. Elle n'avait pris aucune décision irrévocable et, manifestement, il n'avait pas renoncé à elle. Les mots sur lesquels elle revenait inlassablement étaient « notre banc », comme s'ils revêtaient un sens particulier pour leur couple. Pour elle, ce banc était l'endroit où leur amour était mort, où elle avait enfin accepté que ses sentiments pour Ernie étaient vains.

Et pourtant, sans doute l'avait-il compris. Peut-être était-ce précisément la raison pour laquelle il avait choisi de la retrouver là. Il voulait peut-être racheter sa conduite à l'endroit même où le train de leur mariage avait fini par quitter les rails. Moins d'une heure plus tôt, elle était assise dans ce même fauteuil et elle avait demandé à Jésus d'avoir une dernière chance de parler à Ernie. Et – alléluia – Ernie avait fait exactement la même chose. Jésus avait été leur médiateur. Et dans Sa sagesse infinie, Il leur avait dit de laisser l'amour commander leurs cœurs.

Si ça n'était pas un miracle, alors…

Il n'y avait qu'une seule façon de s'en assurer.

32

Et si…

La petite famille avait finalement quitté la pelouse gagnée par la nuit, pour se rendre dans la grande salle. D'un geste vif, Wilfred retira du piano droit le pan de velours bleu défraîchi que Mona avait placé dessus, l'an dernier, pour le protéger de la poussière.

« Qui va jouer ? demanda Michael.

– J'espérais que l'un de vous s'y collerait, répondit Wilfred.

– Eh bien non. Désolé. Quant à Mona, n'y pense même pas, elle déteste ces pianos droits.

– Je sais, dit Wilfred en souriant. Ça lui rappelle le bordel de sa grand-mère dans le Nevada. »

Michael s'esclaffa : « Tu sais ça aussi, toi ?

– Eh oui.

– Tout lui rappelle toujours quelque chose, c'est épuisant. »

Wilfred s'assit au piano. « Tu veux que je te joue un morceau ?

– Tu sais jouer ? Mais depuis quand ?

– Depuis que tu es parti, mon pote. Mo a acheté cet engin pour qu'on puisse prendre des cours avec une vieille bonne femme qui venait ici deux fois par semaine. Mona s'est engueulée avec elle à cause de Thatcher, alors elle a jamais dépassé la première semaine. Moi j'ai tenu le coup assez longtemps pour apprendre ça. » Et Wilfred plaqua quelques accords.

« Je connais ce morceau. C'est du Satie, pas vrai ? Doux et amer à la fois, et tellement simple aussi, dit Michael.

– Simple à jouer, ça c'est sûr. Tu sais pourquoi ça s'appelle *Gymnopédie* ?

– Non.

– Une gymnopédie, c'était une fête annuelle, dans la Grèce antique, où les jeunes hommes dansaient ensemble complètement à poil.

– Tu te payes ma tête ? C'est ta prof de piano qui t'a appris ça ?

– Putain, non. C'est un plan cul à Londres qui me l'a expliqué.

– Et donc... Satie était gay ? s'étonna Michael.

– Eh bien, c'était en 1886, alors il était... comment on dit déjà ?... discret, mais il a laissé des indices partout dans sa musique. Et ça, c'en est un.

– Pas étonnant que j'aie toujours aimé ce morceau. »

Wilfred cessa brusquement de jouer.

« Ne t'arrête pas. Je commence à voir des beaux mecs tout nus.

– Je connais pas la suite, mon vieux.

– Dommage ! »

De l'autre bout de la grande salle, où elle était assise avec Anna, Mona les appela : « Eh les garçons, venez nous rejoindre, j'ai fait du thé pour nous dessaouler.

– C'est obligé ? cria Michael.

– Si tu veux un joint, il faut d'abord éliminer le cidre.

– Un vrai petit chef, dit Michael à Wilfred.

– J'ai entendu », beugla Mona.

Ils étaient maintenant tous autour de la grande table, à boire du thé.

« Où est passée Rhonda ? s'enquit Wilfred.

– Elle s'est retirée dans ses appartements, répondit Mona.

– Quel dommage, elle est très sympathique, dit Anna.

– C'est vrai. Mais ne lui demandons pas de nous rejoindre. L'herbe, ça risque d'être trop pour elle.

– Pourquoi ?

– Elle est très pratiquante.

– Alors tu as raison. La marijuana ne devrait jamais faire oublier les bonnes manières. »

Michael sourit. « On devrait écrire cette phrase au point de croix sur un tambour à broder. »

Anna lui rendit son sourire. « Ce n'est pourtant que la pure vérité. »

Mona tira un étui à cigarettes bleu indigo de la poche de son jean.

« Il y en a un pour chacun de nous, en hommage à Notre Mère à Tous.

– Tu t'en es souvenue, dit Anna en portant la main à sa poitrine.

– Bien sûr », répondit Mona en ouvrant l'étui et en le lui présentant.

Anna prit un joint et l'alluma. « Tu fais pousser cette herbe ici ?

– Techniquement, oui.

– Techniquement ?

– Lord Teddy m'avait envoyé des graines de San Francisco.

– Quelle gentille attention ! Alors la première bouffée devrait lui être dédiée. »

Ils allumèrent tous leur joint avec le briquet posé sur la table.

« À lord Teddy qui est parti en Californie pour vivre son rêve ! » dit Wilfred.

Ils répétèrent tous en chœur « À lord Teddy ! » en tirant sur leur joint. Wilfred remarqua que le visage de Michael s'était assombri.

« À quoi tu penses ? s'enquit-il.

– Je ne sais pas trop. Je regrette seulement de ne pas être resté en contact avec lui à San Francisco. Il était chauffeur de taxi pendant un moment et il semblait heureux de la liberté que cela lui donnait. Mais après… on s'est juste perdus de vue. Je n'étais même pas au courant qu'il était malade, jusqu'à ce que je lise l'annonce de son décès dans les pages du *BAR*. »

Anna tendit la main par-dessus la table pour prendre celle de Michael.

« Il ne faut pas t'en vouloir, mon chéri. Tout va si vite avec cette maladie, personne n'arrive à suivre.

– Et tu avais tes propres soucis, ajouta Mona.

– Il méritait tout de même mieux, soupira Michael avec tristesse.

– Arrête, espèce de petit crétin ! On peut toujours tout se reprocher, mais Teddy avait ses amis là-bas et il voulait à tout prix vivre à San Francisco, et ça, bien avant de te connaître.

Comment pouvais-tu penser le sauver d'un danger auquel tu n'as pas échappé toi-même ? »

Un silence gêné s'ensuivit. Wilfred fit de son mieux pour égayer un peu l'atmosphère : « Excuse-moi, Michael, mais il semblerait que ma mère vient de te traiter de petit crétin, remarqua-t-il en souriant.

– C'est un mot gentil, dit Mona.

– Ouais, fit Michael avec une grimace. Un peu comme ce matin quand elle a dit que je ne pensais qu'à ma gueule. »

Anna leva un sourcil en direction de Mona. « On dirait que tu es un peu en colère, ma chérie.

– Peut-être… mais pas contre lui. »

Anna mit quelques secondes à comprendre, puis changea de sujet pour aborder des questions plus légères, comme la culture de la marijuana en Angleterre, ou le bonheur que ce devait être de vivre au pays de Dickens, Tennyson et Isherwood.

« Mais Isherwood a fini par s'exiler à San Francisco », rappela Michael.

Anna haussa les épaules et tira délicatement sur son joint. « Nous sommes tous mobiles, mon grand. Regarde un peu les gens autour de cette table. Nous venons de partout, mais en ce moment, nous sommes ici, ensemble. C'est ce qui arrive quand on veut vivre sa vérité.

– Ah, murmura Mona entre ses dents, la sagesse en personne a parlé. »

Quand les deux femmes furent enfin montées dans leurs chambres, Wilfred se tourna vers Michael : « À ton avis, pourquoi Mona était aussi énervée, ce soir ? »

Michael sourit. « Oh, cette Mona, toujours la même. Les tirs dispersés de sa colère. Le sida a touché tous ses amis, moi y compris, je suppose. Ça la met en rage, alors naturellement, elle se venge sur moi. C'est tout Mona. Nous, les hommes, on la décevra toujours.

– Je m'en rends bien compte. Elle m'a fait tout un cirque uniquement parce que j'étais allé faire un tour à Soho. »

Michael ne put s'empêcher de rire.

« Mais j'ai l'impression, reprit Wilfred, qu'il y a quelque chose qui la ronge. Pourquoi est-ce qu'elle est en rogne contre Anna ? »

Michael hésita. « Je ne suis pas certain d'avoir le droit de t'en parler.

– Allez, mon pote. C'est moi, Wilfred. À son correspondant, on peut tout dire.

– OK… Je les ai entendues parler dans la bibliothèque, ce matin. Mona a demandé à Anna de venir s'installer ici, et Anna, très gentiment, a refusé. Je n'ai pas tout capté parce que j'ai mis les voiles avant qu'elles se rendent compte que j'étais là.

– Je me doutais que c'était un truc du genre. »

Michael lui sourit. « Tu sais bien qu'Anna ne quittera jamais Barbary Lane.

– Je le sais, tu le sais, et Mona aussi, c'est sûr. Elle a dû se dire que ça valait la peine de tenter le coup. Elle adore Easley, mais des fois, elle a besoin de sa famille. Je fais tout ce que je peux, évidemment, mais une seule personne, ça suffit pas toujours.

– Elle ne pourrait pas avoir un meilleur compagnon

que toi, dit Michael en serrant affectueusement le bras de Wilfred.

– Je voudrais te montrer quelque chose maintenant, suis-moi.

– OK. »

Wilfred s'engagea dans l'escalier puis dans un couloir que Michael n'avait encore jamais emprunté. Au milieu, Wilfred ouvrit une petite porte, qu'on ne pouvait franchir qu'en se baissant.

« On est où, bon Dieu ?

– C'est ma tanière secrète. Assieds-toi. »

C'était une petite pièce, à peine plus vaste qu'un placard, entièrement capitonnée de vieux matelas. Au bout, une longue balustrade surplombait la grande salle.

« C'est la galerie des ménestrels, se rappela Michael. C'est là que j'ai vu Mona pendant cette visite mémorable.

– Tu comprends vite, dit Wilfred. C'est moi qui ai ajouté les matelas, bien sûr.

– Tu attends que je te demande ce qui se passe ici ?

– Tu es le premier mec que j'amène dans mon refuge. Allonge-toi, mets-toi à l'aise. »

Michael obéit et s'enfonça au milieu des matelas, dans un creux, qui avait forme humaine. Wilfred s'étendit à côté de lui, à distance mais assez près pour que Michael sente une bouffée de sa lotion au bay rum. Ils restèrent un moment silencieux. Puis Wilfred lâcha : « J'ai envie d'être tout nu contre toi.

– Wilfred…

– La ferme. Je sais ce que tu vas dire. Tu repars la semaine prochaine, on est plus comme des frères que comme des amants, et ça pourrait gâcher notre amitié, bla-bla-bla. Mais si tu rentres chez toi et que tu meures, ou que ça soit moi qui meurs d'ailleurs… et qu'on ait raté cette occasion unique d'être tellement proches l'un de l'autre… »

Michael, abasourdi, ne trouvait rien à répondre.

« Et si t'as pas envie de moi, je serai pas vexé, mais au moins, j'aurai tenté ma chance. »

Michael se tourna vers lui et le regarda droit dans les yeux.

« Mais bien sûr que j'ai envie de toi, petit idiot. Et même depuis le temps où c'était illégal.

– Mais ?

– Pas de mais. Aucun mais. »

Il se pencha et l'embrassa doucement sur les lèvres. Puis il tendit la main vers la braguette de Wilfred et l'attira à lui.

33

Fou, mais dans le bon sens

Rhonda se glissa hors de sa chambre juste avant vingt-trois heures, et longea le couloir sur la pointe des pieds. Anna et Mona étaient déjà montées se coucher, et les hommes avaient tout simplement disparu, si bien qu'elle n'avait aucune raison de s'inquiéter. De plus, elle était chez elle maintenant, en quelque sorte, et elle pourrait toujours prétendre qu'elle descendait grignoter quelque chose dans la cuisine.

Son cœur battait la chamade, au point qu'elle espérait presque que Mona se réveille, l'intercepte au passage et mette fin à ce coup de tête. Mona était devenue sa meilleure amie, aussi invraisemblable que cela puisse paraître, et elle aurait su quoi faire.

La lune était presque pleine et sa lumière s'infiltrait par le vitrail de la grande salle. Les braises finissaient de se consumer dans la cheminée. En traversant la pièce, elle aperçut plusieurs souris qui trottinaient sur la table à la recherche de miettes. « C'est rien que l'équipe de nettoyage », aurait dit Mona, et le Seigneur aurait bien été obligé de le lui pardonner.

Le plus facile fut de franchir le seuil de la maison, parce que la porte n'était jamais fermée à clé. Une fois dehors, elle ajusta la robe de soirée en satin crème qu'Ernie lui avait achetée chez Harrods, et elle s'engagea sur la grande pelouse, une torche électrique à la main. Elle savait qu'on entrait dans le bois par un sentier de paillis d'écorces qui partait de derrière la grange, et elle prit donc cette direction. Elle n'y était jamais allée la nuit, si bien que l'obscurité la surprit. Les arbres étaient fins et pas très hauts, et leur feuillage cachait presque complètement la lune.

Le sentier la conduisit au cœur du bois et elle repéra bientôt le banc, à quelques mètres d'elle. Son cœur bondit quand elle vit que quelqu'un y était assis, le dos tourné. Elle ne dirigea pas le faisceau de sa lampe sur lui, de peur de l'effrayer, et attendit d'être suffisamment près pour chuchoter son nom.

« Ernie ? »

Il se retourna aussitôt. « Dieu soit loué. J'ai prié pour que tu viennes. »

Il n'était pas rasé et paraissait hagard. Il portait son élégant costume gris de voyage, qui était taché et déchiré en plusieurs endroits.

« Je suis désolé, dit-il en surprenant son expression. J'aurais voulu être plus présentable, mais… »

Elle ressentit de la peine pour lui. « Où étais-tu tout ce temps, Ernie ?

– Ici. Enfin, dans les parages. M. Hargis m'a laissé dormir dans la chapelle. Il sait ce que c'est pour un homme de perdre l'amour de sa femme.

– Et tu es resté là depuis… »

Il fit oui de la tête. « Je ne suis jamais retourné à Londres.

– Dieu du ciel ! »

Ce fut tout ce qu'elle trouva à dire.

« Je sais… Mais j'ai pensé que je te perdrais pour toujours si je partais. Ça doit te sembler complètement fou. »

Elle ne répondit pas. Fou, oui, mais dans le bon sens. C'était le geste d'un homme vraiment amoureux.

« Tu ne veux pas t'asseoir ? proposa-t-il. Je sais que j'empeste, mais… »

Elle se laissa tomber sur le banc, en gardant ses distances. Sa robe de soirée offrait un contraste saisissant avec la veste en lambeaux d'Ernie. C'était dans l'ordre des choses. Elle s'habillait toujours trop bien pour sortir avec lui.

« Tu sais, murmura-t-il, les yeux baissés, c'est vraiment un sale coup que tu m'as fait. Que vous m'avez tous fait. Je suis un brave type, un bon croyant, et je ne méritais pas une telle humiliation. J'étais déjà en route pour Londres quand j'ai tout d'un coup compris ta manœuvre. Alors j'ai repris le train en sens inverse et j'ai léché mes plaies au Black Bear. Le barman se souvenait de moi… de nous. »

Il posa sur elle des yeux larmoyants. « C'est toujours étonnant de voir combien les hommes sont solidaires quand l'un d'eux a des problèmes avec une femme. »

Des problèmes avec une femme. Était-ce comme ça qu'il voyait la fin de leur mariage ?

« Pourquoi as-tu repris contact avec moi, Ernie ? Pour me dire à quel point je t'ai fait du mal ?

– Non !

– Alors pourquoi ?

– Pour te dire… que… je t'aime et que je veux que tu reviennes… que je veux quitter ce nid de mécréants et que tu rentres avec moi à Tarboro.

– En vérité, je me plais beaucoup dans ce nid de mécréants. Ils ont besoin de moi ici, et je ne peux pas en dire autant de toi ou de Tarboro.

– Mais qu'est-ce que tu peux bien faire pour eux ?

– Je fais la cuisine. Le ménage. Je m'occupe du jardin. J'ai fait des merveilles dans cette maison.

– Elle t'a fait virer de bord ? C'est ça ?

– Virer de bord ?

– Tu n'es pas sans savoir qu'elle est lesbienne.

– Bien sûr que je le sais. Tout le monde le sait. »

Il cligna des yeux, abasourdi.

« Mona est la personne la plus gentille que j'aie jamais connue.

– Et tu trouves que c'est une bonne raison pour me quitter ?

– Une des raisons seulement. Je n'ai jamais su ce que c'était d'être traitée avec tendresse, jusqu'à ce que je vive avec elle et Wilfred. Et ne me dis pas qu'il est gay lui aussi, je suis au courant et je m'en moque complètement. C'est mon devoir de chrétienne de m'en moquer. »

Ernie la fixa d'un air incrédule. « Ils t'ont entièrement corrompue, femme ! Tu as pactisé avec le diable !

– Permets-moi d'ajouter quelque chose, poursuivit Rhonda. Si un jour je devais coucher avec une femme, ce serait avec quelqu'un comme Mona. Quelqu'un qui ne me frapperait pas pendant vingt ans et ne me forcerait pas à cacher les traces de coups sous une couche de maquillage. Quelqu'un qui ne m'humilierait pas devant ses amis ! Quelqu'un qui m'aimerait et serait capable de me faire jouir, pour changer ! »

Elle avait conscience qu'il n'allait pas supporter cette dernière accusation, et en effet, c'en fut trop pour lui. Après l'avoir de nouveau regardée comme s'il n'en croyait pas ses oreilles, il lui balança son poing en pleine figure, au lieu de la frapper du plat de la main comme d'habitude. C'était la première fois, et l'espace d'un instant macabre, elle se dit que ce serait sans doute la dernière. Elle avait entendu quelque chose craquer quand sa tête était retombée sur le côté, et elle se força à demeurer immobile dans cette position tandis qu'il secouait son corps inerte. *S'il me croit morte, il s'arrêtera.*

« Bon Dieu, Rhonda, réveille-toi. Je ne t'ai pas frappée si fort que ça ! »

Elle ouvrit les paupières et lui cracha au visage.

« Espèce de garce cherokee ! »

Il levait le poing, prêt à la frapper encore, lorsqu'une silhouette jaillit de l'ombre.

« Laisse-la tranquille, salopard ! »

Rhonda s'affala sur le banc et vit la tête d'Ernie cogner plusieurs fois contre le sol. Elle ne trouva pas l'énergie de dire à l'homme d'arrêter.

Quand Ernie fut complètement assommé, son sauveteur se releva.

« Ça va aller pour vous ?

Elle hocha la tête. « Et pour lui ?

– Ça m'étonnerait. Rentrez à la maison. »

Il était vieux, tout efflanqué, et il portait un anneau d'or à l'oreille.

Pour une raison étrange, elle lui obéit sans discuter.

34

Le mystère s'épaissit

Michael et Wilfred étaient toujours ensemble dans la galerie des ménestrels, profitant du moment aussi longtemps que possible, quand un bruit les fit sursauter.

« Qu'est-ce qu'on vient d'entendre ? chuchota Michael.

– La porte. Quelqu'un est entré dans la maison. »

En bas, une silhouette en sanglots traversa la grande salle et se dirigea vers l'escalier.

« Qu'est-ce qu'elle faisait dehors ? demanda Michael.

– Ça me troue.

– Tu crois qu'on devrait aller voir ce qui se passe ?

– Je pense qu'elle a été voir Mona pour être entre filles. »

Michael lui lança un regard interrogateur.

« Je veux dire, pour pleurer sur son épaule, expliqua Wilfred.

– Ah, OK. Je croyais que quelque chose m'avait échappé. »

Wilfred haussa les épaules. « À mon avis, ça ferait un joli couple. L'une qui fait la cuisine et le ménage, et l'autre qui pousse des gueulantes et se bagarre contre la terre entière. »

Michael fronça les sourcils, l'air narquois. « Qu'est-ce que tu nous sers là ? Un peu de sagesse aborigène ? »

Wilfred gloussa et serra avec douceur le service trois-pièces de Michael dans sa main.

« Tu serais pas en train de rabaisser mon peuple ?

– On est gays, Wilfred, on n'a pas de peuple. Nous sommes notre propre peuple. Et il nous appartient de prendre chacune de nos décisions, tu ne crois pas ? »

Wilfred enfouit son visage dans le cou de Michael. « On n'est pas obligés de rester là, tu sais ? On peut se trouver un lit quelque part.

– Oui, mais ça voudrait dire me décoller de toi, ce dont je n'ai aucune envie. Sans parler de retrouver mes vêtements, ce qui n'est pas gagné. Je suis presque sûr que mon string et une de mes chaussettes ont atterri dans la salle de bal. »

Wilfred gloussa de nouveau. « Alors on reste là. » Il retapa les matelas pour leur faire un nid plus douillet. « OK. Installe-toi. Ma poitrine sera ton oreiller. »

Ils demeurèrent allongés là une éternité, prêtant l'oreille aux craquements et aux gémissements de la vieille maison. Wilfred finit par briser le silence :

« Tu t'inquiètes du temps qu'il te reste ?

– Tu veux dire ici, ou en général ?

– En général.

– Bien sûr que oui. Mais j'essaye de ne pas trop y penser. Pour ne pas gâcher le temps qu'il me reste, justement.

– Je comprends.

– Pourtant, ça n'a pas de sens. Rien de tout ça n'a de sens. C'est une telle saloperie ! »

Wilfred le serra plus fort contre lui et lui tapota gentiment le dos.

« Tu comptes rompre avec Thack ?

– C'est déjà fait.

– Tu sais que je ne peux pas quitter Easley ?

– Je sais que tu ne peux pas quitter Mona, et je m'en réjouis. Elle a besoin de toi. Tu es la plus belle relation qu'elle ait jamais eue de sa vie.

– C'est sans doute vrai.

– J'en suis sûr. Je la connais depuis longtemps, tu sais. »

Wilfred dessina du bout de l'index une ligne sur le dos de Michael.

« Mais, Anna et toi, vous pourriez venir vivre avec nous.

– Si c'est une proposition, c'est la plus alléchante qu'on m'ait faite de l'année, mais Anna... ne quittera jamais Barbary Lane, et...

– Et tu ne pourras jamais quitter Anna.

– Ça se ramène à ça.

– Alors on n'en parle plus. J'espère qu'au moins la fête du solstice sera réussie ! »

Ils entendirent des pas pressés dans l'escalier, et Rhonda retraversa la salle, suivie de Mona.

« Le mystère s'épaissit », chuchota Michael.

Les deux femmes sortirent dans le parc. Mona grommela quelque chose à l'adresse de Rhonda, que Michael ne parvint pas à déchiffrer.

« Tu as une idée de ce qui vient de se passer ? demanda Wilfred.

– Une espèce de rituel païen sans doute, mais je ne crois pas que Rhonda accepterait de s'y livrer. »

Et ils partirent tous les deux d'un grand rire.

35

M. Scamp[1]

Torche électrique en main, Rhonda conduisit son amie jusqu'au bois. Sur ses talons, Mona imaginait le pire.

« Tu es sûre qu'il est mort ?

– Oui.

– Et le type qui l'a tué ?

– Eh bien ?

– Il va encore être là ?

– Aucune idée.

– Et tu ne l'avais jamais vu ?

– Non. »

Mona braqua sa lampe vers le banc, prête à découvrir une scène macabre. Pas de cadavre en vue.

« Tu es certaine que c'était là ?

– Peut-être un peu plus à gauche.

– Rhonda, il n'y a personne ici.

– Tout ça est complètement absurde.

– Il a peut-être simplement décidé de décamper. Il n'était peut-être pas mort, après tout, suggéra Mona.

– Tu penses que j'ai eu une hallucination ?

1. Le nom suggère une canaille, un fripon.

– Non, bien sûr que non. C'est seulement que... Asseyons-nous un instant pour reprendre nos esprits. »

Mona s'assit sur le banc et fit signe à son amie de l'imiter.

« Je n'y comprends rien, soupira Rhonda.

– Écoute, ce n'est pas ici que nous allons trouver la clé du mystère. Rentrons chez nous nous préparer un bon thé. »

Mona n'avait jamais prononcé les mots « chez nous » à l'adresse de qui que ce soit en dehors de Wilfred, mais sans qu'elles échangent un mot de plus, elles reprirent ensemble le sentier qui conduisait au manoir. C'était vraiment la seule chose à faire. Rhonda n'était sans doute pas en plein délire, mais elle avait manifestement subi un choc. Ce dont elle avait besoin, pour le moins, c'était de se sentir à l'abri.

Alors qu'elles passaient devant la grange, un homme sortit de l'ombre.

« Mes excuses, lady Roughton ! »

Son visage semblait taillé dans du granit. Il portait un gros anneau d'or à l'oreille.

« C'est lui ! s'écria Rhonda. C'est lui qui m'a sauvée. »

L'inconnu tendit la main. « Thomas Scamp.

– Scamp ? dit Mona en la lui serrant. C'est un nom gitan, n'est-ce pas ?

– Oui, milady.

– Ne m'appelez pas comme ça, s'il vous plaît. Mon nom est Mona... Je me rappelle avoir acheté un jour un très beau bracelet à une jeune femme, près de Stow. Une certaine Mlle Scamp, je crois.

– Sûrement ma fille, Ethelinda.

– Mais oui. Ethelinda Scamp. Un nom si particulier... et

elle avait été très aimable. Alors, comment en êtes-vous venu à sauver la vie de mon amie ? »

Mona se disait qu'il valait mieux aborder le sujet en se montrant aussi diplomate et sereine que possible.

« Je me balade dans vos bois de temps en temps, répondit M. Scamp. Ils sont à proximité de notre campement et c'est toujours si calme par ici. J'espère que vous…

– Mais non. Aucun problème. Je comprends.

– Eh bien, je passais par là un peu plus tôt dans la soirée, quand j'ai entendu cette dame se faire tabasser, alors j'ai couru et j'ai ceinturé le bonhomme pour l'écarter d'elle. Je crois que je lui ai cogné plusieurs fois la tête par terre.

– Vous l'avez tué ?

– Je sais pas si c'est à cause de moi, mais il était mort quand j'en ai eu fini avec lui. »

Mona réprima un sourire. Voilà une ligne de défense qui ravirait les juges !

« Et donc, monsieur Scamp… qu'avez-vous fait du corps ?

– Le monsieur mort, vous voulez dire ?

– Oui.

– Je l'ai mis à l'abri.

– OK », répondit Mona. *On nage en plein délire…*

« Pour le protéger des animaux, vous comprenez. Les rats et tout et tout. Il ferait un bon dîner pour ces bestioles ! Sauf votre respect…

– Il n'y a pas de mal, intervint Rhonda en serrant la main noueuse du vieil homme. Je suis Mme Blaylock. »

M. Scamp marqua un temps d'arrêt avant de lever les yeux vers Rhonda.

– Vous voulez dire… que c'était votre mari ? »

Elle hocha tristement le menton. « On ne l'aurait pas cru, n'est-ce pas ? »

L'homme secoua la tête. « Il avait surtout l'air de vouloir vous occire.

– C'est tout à fait ça. Je vous dois des remerciements, monsieur Scamp.

– À votre service », répondit-il.

Il vint soudain à l'esprit de Mona que cet individu si digne n'était autre que « le vieux gitan » que M. Hargis prétendait avoir chassé de toutes les dépendances du domaine. Elle savait que le jardinier avait exagéré les choses pour montrer qu'il faisait bien son travail, mais cela n'avait aucune espèce d'importance en cet instant. Ce qui importait à présent, c'était que M. Hargis, avec son cerveau ralenti et son sentimentalisme écossais, avait abrité Ernie ces six dernières semaines. Et qu'il ne devait sous aucun prétexte apprendre ce qui était arrivé à son protégé.

« Nous n'allons pas faire de déclaration à la police, monsieur Scamp. »

L'homme hocha la tête et marmonna qu'il était d'accord. Les contacts avec la police ne tournaient jamais à l'avantage des gitans dans ce coin du pays.

« Il faut que ça reste strictement une affaire de famille, poursuivit Mona. Et par là, j'entends ma famille et la vôtre. Personne d'autre ne doit savoir. Est-ce que nous sommes bien sur la même longueur d'onde ?

– Oui. Complètement.

– Voudriez-vous venir prendre un verre de cognac avec nous à la maison ?

– Merci beaucoup, mais il faut que je file. J'ai à faire. »

Elle supposa qu'il voulait parler de faire disparaître le corps.

Dans la cuisine, Mona prit une bouteille de cognac et deux verres, puis monta dans sa chambre, suivie de Rhonda. C'était l'endroit le plus sûr pour décompresser, loin des oreilles de Wilfred et de Michael. Elle emplit les deux verres et en vida un cul sec.

« Quelle nuit, hein ?

– J'en tremble encore », dit Rhonda, et elle tendit la main pour le prouver.

« Bois-moi ça », lui enjoignit Mona en désignant l'autre verre de cognac.

Rhonda obéit, mais fit une grimace de dégoût après l'avoir vidé.

« Maintenant… il faut qu'on réfléchisse tranquillement à la situation. Nous sommes les seules à savoir qu'Ernie était caché ici, d'accord ? Ni Wilfred ni Michael n'étaient au courant. Et j'imagine que personne non plus en Caroline du Nord.

– Exact. J'ai dit à ma sœur qu'il était sans doute parti en France visiter un cimetière militaire.

– Parfait. Alors on est couvertes.

– Mais pourquoi ne pas dire simplement que M. Scamp a essayé de me défendre et qu'il l'a tué par accident ?

– Ça rendrait les choses beaucoup plus compliquées. Les Roms n'aiment pas avoir affaire aux flics. Et on les comprend.

– Les quoi ? Désolée, je ne comprends pas de quoi tu parles.

– M. Scamp et sa nombreuse famille sont des gens du voyage. En Angleterre, on les appelait autrefois des "*gypsies*", parce que les victoriens, dans leur ignorance, les prenaient pour des Égyptiens, mais on est un peu plus cultivés, aujourd'hui. M. Hargis utilise encore ce mot parfois, ou alors "gitan" qui n'est pas plus juste, parce qu'il est trop vieux pour changer de vocabulaire. »

Rhonda eut la mâchoire qui tombe en comprenant que son indécrottable Sudiste de mari avait été mis hors d'état de nuire par un vrai gitan. Mona, pour sa part, y voyait une certaine justice.

« Et cerise sur le gâteau : rien ne t'oblige à rentrer à Tarboro pour expliquer tout ça aux amis et à la famille d'Ernie. Cette fois, c'est la fin, et la bonne, d'un mauvais mariage, te voilà libre comme l'air. Tu peux prendre un nouveau départ.

– Mais ils ne vont pas venir ici pour tenter de le retrouver ?

– Et quand bien même ! Sans cadavre, il n'y a pas de crime, et je suis très douée pour garder un visage impassible. On pourra dire qu'on l'a vu monter dans le train et que donc… il a dû disparaître quelque part en Europe par la suite. »

Rhonda se servit un second verre de cognac et le but d'un trait.

« C'est totalement dingue, dit-elle en le reposant.

– Tu as raison, répondit Mona, mais je crois que ça va marcher. »

Mona raccompagna Rhonda jusqu'à la porte de sa chambre, puis monta l'escalier qui conduisait au grenier. S'il y avait une question à poser au Jury, c'était bien celle-là.

Les chauves-souris étaient comme toujours suspendues à leurs poutres, l'extrémité de leurs ailes duveteuses éclairée par le clair de lune. À l'approche de Mona, elles bruissèrent à l'unisson, plus par sympathie que de peur.

Elle les compta rapidement. « Eh bien, apparemment vous êtes toutes là. Plus quelques cousines venues des collines, peut-être. Vous savez pourquoi je suis passée vous voir, pas vrai ?

Frou-frou.

« Bien. On ne peut rien vous cacher. Alors, vous pensez que je devrais le faire ? »

Silence.

« Je vous entends. Ça pourrait se casser la gueule de plusieurs façons, mais je n'arrive pas là… vous voyez… à me les représenter clairement.

Frou-frou.

« Vous non plus, hein. Donc, vous croyez que je devrais me lancer ?

Frou-frou, frou-frou.

« OK. C'est parti. »

Elle redescendit vers sa chambre et trouva une Rhonda complètement saoule devant sa porte. « Je peux dormir avec toi cette nuit ? Je ne peux pas rester seule. »

Mona l'examina attentivement. « Tu dors de quel côté ?

– Le gauche, je crois.

– Comme moi. Mais je te le laisse, ce soir. »

Elles se couchèrent sans se déshabiller, en se glissant simplement sous l'édredon. Elles étaient mortes de fatigue après cette journée de cauchemar.

« Tout ira mieux demain matin », dit Mona, en sachant très bien que rien n'était moins sûr.

Le dernier coup que porterait jamais Ernie Blaylock à sa femme avait commencé à marquer son visage.

36

Nous autres, humains

À l'aube, le jour du solstice d'été, M. Scamp sortit du petit bois et rejoignit Mona comme prévu, devant la porte de la cuisine. Il était accompagné de quatre de ses petits-fils au visage grave et aux yeux noirs en amande. Elle reconnut le plus âgé, un adolescent bien fait de sa personne qui jouait « Yesterday » sur une guitare cabossée, le jour où elle avait acheté le bracelet à Ethelinda Scamp. La juxtaposition de cette musique moderne et de la vieille roulotte bariolée lui avait fait sentir, dans toute sa noblesse, l'étendue d'une famille qui avait voyagé pendant mille ans depuis qu'elle avait quitté le nord de l'Inde. Un record que l'illustre et sédentaire famille de lord Teddy était loin d'avoir approché.

M. Scamp n'y alla pas par quatre chemins : « C'est fait.

– Merci beaucoup, monsieur.

– C'est moi qui vous remercie. »

Le sous-texte de cet échange était tellement fort que Mona se sentit obligée d'ajouter : « Je suis si heureuse que nous ayons pu nous entraider. »

Il hocha la tête d'un air solennel.

« Vous avez pu trouver du fenouil ?

– Sans problème. En quantité, même. Il y en a du sauvage

qui pousse partout sur le domaine. Je l'ai déposé dans la clairière.

– Formidable. Merci. Vous êtes un brave homme.

– Je fais de mon mieux.

– Eh bien, allez vous reposer maintenant. Je suis sûre que vous en avez tous bien besoin.

– Merci, milady. »

Cette fois, elle ne prit pas la peine de le corriger. Après tout ça, il pouvait bien l'appeler comme bon lui semblait.

Elle aussi avait besoin de sommeil, et elle se mit au lit dès que la brume du petit matin se fut dissipée. Elle se réveilla un peu après neuf heures et descendit dans la grande salle. Rhonda était occupée à tresser des couronnes de lierre pour les participants à la fête.

« Qu'elles sont belles ! Et que tu es adroite de tes mains !

– J'improvise, répondit Rhonda. À quelle heure les gens vont-ils venir ?

– On ne sait jamais trop. Ils arrivent par petits groupes tout au long de la journée, la plupart uniquement pour jeter un coup d'œil au manoir. On n'allume le feu de joie qu'en milieu d'après-midi, et certains ne restent même pas jusque-là. Tu leur donnes une couronne à chacun et tu leur dis qu'ils sont libres de déambuler dans le parc. Surtout, ne laisse personne entrer dans la maison. Il y a quelques années, on nous a volé un chandelier géorgien. »

Mona repensa à la pancarte ingénieuse en contreplaqué – une fée mutine qui indiquait la direction du bois – que Poppy avait fabriquée l'an dernier pour éloigner les visiteurs du manoir. Elle ressentit un léger pincement de culpabilité quand elle la sortit du placard du couloir, mais elle ne voyait pas pourquoi ne pas la réutiliser. Les relations allaient et venaient. Et l'art restait de l'art, au bout du compte.

À midi, elle avait déjà disposé les couronnes sur une table de bridge, au milieu de la grande pelouse. Peu après, Wilfred apparut, un sourire moqueur aux lèvres :

« Devine qui vient d'envahir la maison avec un panier de fruits exotiques, d'une taille absolument obscène !

– Fabia Dane. Tu l'as fait déguerpir en vitesse ?

– J'ai essayé, mais cette connasse était très occupée à séduire Michael avec ses manières de sale bourge.

– Michael ne peut pas la voir. Il a complètement oublié ce qui s'est passé la dernière fois qu'il est venu, ou quoi ?

– Il voulait seulement être sympa, je pense.

– Ça a toujours été son problème. Il a une grande tolérance à la bêtise. Laisse-moi travailler maintenant. J'ai des couronnes à distribuer.

– Je peux t'aider ?

– Non. Pas du tout. Les petits-fils Scamp ont proposé d'être là toute la journée pour donner un coup de main.

– C'est qui, ça, bon Dieu ?

– Je te le dirai plus tard si tu es sage. »

Wilfred s'éloigna, apparemment décontenancé. Mona était certaine que Michael et lui étaient passés à l'acte l'avant-veille, mais pour l'instant, ni l'un ni l'autre ne lui avaient fait de confidence, et elle savait qu'il valait mieux ne pas poser la question. Les garçons étaient parfois si bizarres.

Dès que Wilfred eut disparu dans le bois, Fabia se précipita vers elle.

« Ah, ma chère Mona ! »

Puis sans la moindre trace d'ironie, elle esquissa une double bise sans lui effleurer les joues, ce qui fit instinctivement reculer Mona. Cette femme ne connaissait décidément pas la honte.

« Vous avez reçu le panier de fruits ?

– Oh oui, et Wilfred m'a même précisé que vous l'aviez apporté en personne.

– Ah vous savez, on ne peut pas faire confiance à la poste pour les produits de luxe. »

Les fruits sont des produits de luxe, maintenant ?

« Il a l'air magnifique, dit Mona. Vous n'auriez pas dû, vraiment.

– Je sais, répliqua Fabia. Mais c'est le solstice d'été et nous devons tous faire de notre mieux pour rendre hommage à la superbe grande dame qu'est Easley. »

Berk !

« Au fait, ajouta Fabia l'air de rien, vous saviez que votre portrait était accroché dans le bureau de poste ? »

Mona s'attendait à ce que quelqu'un lui en parle. Elle n'avait simplement pas pensé qu'elle l'apprendrait de la bouche de l'odieuse Fabia Dane.

« Ah… cette photo-là ?

– Vous étiez d'accord pour poser ? »

Non, elle m'a forcée à m'allonger dans un ruisseau en me menaçant avec son flingue…

« Pourquoi cette question ? Elle ne vous a pas plu ?

– Mon opinion est sans importance.

– Mais ?

– J'estime seulement qu'une fonctionnaire – une postière, Dieu du ciel ! – ne devrait pas infliger ses prétentions artistiques au public, sur son lieu de travail. Elle est pathétique, n'est-ce pas ? On ne peut qu'être un peu désolé pour elle.

– Vraiment ?

– Enfin, et vous, qu'avez-vous pensé de cette photo ?

– Elle m'a bien plu, si voulez savoir. Elle cherchait une femme rousse pour incarner Lizzie Siddal, alors je me suis portée volontaire. À partir de pas grand-chose, moi comprise, elle a réalisé une œuvre magnifique.

– Eh bien, si vous ne ressentez aucune gêne, loin de moi l'idée de…

– Savez-vous au moins qui était Lizzie Siddal ?

– Je dois avouer que non.

– Alors je suggère que vous cessiez de jouer à la critique d'art et que vous vous rendiez utile. » Mona attrapa une couronne de pensées et de lierre sur la table et la lui tendit. « Tenez, prenez une couronne. Faites un vœu et dansez trois fois autour du feu avec une pierre porte-bonheur dans votre poche. Vous verrez comme tout ira mieux. »

Fabia se raidit visiblement. « Je vous remercie. Je le ferai peut-être.

– Et surtout, ne vous donnez pas la peine de me confier votre vœu. Je le connais déjà. »

Fabia lui décocha un sourire crispé, puis s'éloigna.

Mona savait parfaitement qu'elle s'était montrée imprudente

en la provoquant au sujet de son envie démesurée d'acquérir Easley, mais ça lui avait fait un sacré plaisir.

Ce manoir était à elle et le resterait toujours.

Il était un peu plus de deux heures quand elle se dirigea vers le bois pour s'assurer que les Scamp avaient bien tout mis en place depuis la veille au soir. La clairière du feu de joie était mieux débroussaillée que jamais, les cendres avaient été ratissées, et une douzaine de chaises pliantes avaient été apportées de la grange et installées en bordure pour les seniors et les handicapés. Des pierres porte-bonheur étaient entassées à l'orée de la clairière, et le fenouil sauvage qui avait été cueilli à sa demande était amassé aussi soigneusement que possible au bord de la fosse où brûlerait le feu. Celui-ci avait été préparé en entrecroisant de grosses bûches, jusqu'à constituer une sorte de tour rectangulaire plus haute que Mona et remplie, à la base, de petit bois qui permettrait de le faire démarrer facilement.

Elle s'assit sur une des chaises et s'accorda un moment de calme pour réfléchir.

C'était exactement ce qu'il fallait faire pour Rhonda, qui avait besoin qu'un point d'arrêt définitif soit mis à toute cette violence et tous ces conflits avant qu'elle ne reparte en Caroline du Nord.

C'était aussi exactement ce qu'il fallait faire pour M. Scamp, qui ne devait pas être puni pour lui avoir courageusement sauvé la vie.

Et c'était absolument idéal de le faire le jour du solstice

d'été, au moment où les feux de saison sont là pour brûler le passé et permettre à la végétation de renaître.

Et n'avait-elle pas eu raison de ne pas mettre Wilfred, Michael et Anna dans la confidence ? Pourquoi leur faire partager le fardeau d'un secret dont Rhonda et elle pouvaient se charger seules ?

Mona brassait toutes ces idées dans sa tête, quand Miss Vanilla Wafer arriva au galop dans la clairière.

« Salut, Nilla, chantonna-t-elle en ouvrant les bras pour l'accueillir. Comment va ma petite suffragette ? »

La chienne lui accorda à peine un regard. Elle suivait une piste, la truffe en l'air, reniflant tout autour du tas de bois, jusqu'à tomber en arrêt à un endroit précis.

« Oh merde ! Ne fais pas ça, Nilla ! »

Mais Nilla s'était déjà assise et, levant une patte, elle commença à gratter les bûches empilées pour le feu. Puis elle émit un son qui ressemblait à un gémissement. Mona sentit son cœur se briser. Elle s'approcha de la chienne et passa un bras autour d'elle.

« Oui, c'est bien lui, murmura-t-elle. Tu l'as trouvé. Tu es une bonne fille, et très maligne en plus. Alors, rendons-lui un dernier hommage et disparaissons avant que la cérémonie débute. »

La chienne ne bougeait pas d'un poil.

« Je sais que tu l'aimais bien. Et lui aussi t'aimait bien. Mais avec les humains, c'était une ordure. Tu vois ? »

Nilla poussa un nouveau gémissement.

« Tu as raison. Les humains sont complètement pourris. »

Nilla tourna la tête et regarda Mona avec cet air affligé

qu'elle avait quand sa maîtresse la lavait dans l'évier de la cuisine. Ensuite, elle soupira pour s'assurer d'avoir été bien comprise.

« Je vais te dire un truc. Je suis sûre qu'il doit y avoir des friandises pour toi à la maison. »

Le mot « friandise » fit son effet, comme toujours. Nilla se releva, s'ébroua et suivit Mona hors de la clairière.

Elle resterait à la maison jusqu'à ce que le feu de joie s'éteigne.

37

Un truc de Mona

Michael et Wilfred arrivèrent à la clairière peu après trois heures. Le feu brûlait déjà si haut et si intensément que les célébrants avaient dû reculer pour se tenir à distance de la chaleur du brasier et des flammes qui en jaillissaient. Michael s'était attendu à quelque chose de beaucoup plus paisible, un peu comme un feu de camp ; en tout cas pas à cette fournaise infernale.

« Bon Dieu de bon Dieu ! » s'exclama-t-il.

Wilfred haussa les épaules.

« C'est un vrai rituel de purification.

– Et qui sont ces gens ? »

Il y avait au moins une douzaine de personnes qui dansaient autour du feu dans le sens inverse des aiguilles d'une montre.

« Des villageois du coin. Le blond, là-bas, c'est le fils du pasteur, je t'ai parlé de lui dans une lettre.

– Ah oui, celui qui t'a suivi chez toi, rien que pour voir l'intérieur du manoir.

– Difficile de lui en vouloir.

– Ouais, mais bon, qu'il aille se faire foutre avec ses plans tordus. Moi, je serais rentré avec toi même si tu avais habité dans un taudis. Surtout maintenant que je sais ce que je sais. »

Wilfred eut un petit sourire satisfait. « Tu vas me faire rougir. En vérité, la plupart des gens qui sont là sont venus pour voir le manoir. On fait ça chaque année pour qu'ils nous regardent d'un bon œil. »

Deux hommes pénétrèrent alors dans la clairière, chargés d'une énorme bûche qu'ils jetèrent dans le brasier. Des étincelles volèrent jusqu'au ciel sous les hourras primitifs des célébrants.

« Et ceux-là, c'est qui ?

– Des gars du coin que Mo a recrutés.

– Ils sont spécialistes des feux de joie ?

– J'en sais rien, mais ils bossent là depuis ce matin.

– Ça se voit qu'ils en ont mis un coup.

– On va chercher nos porte-bonheur ?

– D'accord. »

Ils s'approchèrent de la pile de pierres entassées à l'orée de la clairière, en prirent chacun une et la fourrèrent dans leur poche.

« Et maintenant ? demanda Michael.

– Tu fais un vœu, mais tu le gardes pour toi.

– OK. » Michael ferma les paupières quelques secondes. L'usage ne voulait-il pas qu'on ne fasse jamais un vœu les yeux ouverts ?

« À présent, tu fais trois fois le tour du feu, et après tu jettes ta pierre dans les flammes. »

Ils entrèrent dans la ronde. Il y avait là des jeunes femmes qui gloussaient et des matrones qui portaient des masques d'Arlequin. Pour l'instant, Wilfred et Michael étaient les seuls hommes.

« C'est vraiment un rite païen ? s'enquit Michael.

– Un truc de Mona, si tu veux mon avis. »

Michael sourit. « Elle a dû tout inventer.

– Peut-être bien. Mais on s'en fout, non ? »

Après avoir exécuté les trois tours de piste, ils jetèrent leurs pierres porte-bonheur dans le feu, puis reculèrent jusqu'aux chaises disposées en bordure de la clairière. Les flammes étaient moins vives, mais elles brillaient encore intensément.

« Alors c'était quoi, ton vœu ? dit Michael.

– T'es pas censé le savoir, mais tant pis. J'ai fait le vœu que tu continues à vivre longtemps. »

Michael le regarda. « Seulement ça ? Que je ne meure pas trop vite ?

– En gros, oui. Et toi ?

– J'ai honte d'avoir fait le même.

– Le vœu de ne pas mourir.

– Oui. Parce que la vie est trop belle en ce moment. » Il prit la main de Wilfred dans la sienne. « Être ici dans cet endroit incroyable. Recevoir l'amour de deux amies de toujours qui me sont si chères… » Il referma ses doigts. « Et m'envoyer en l'air de façon aussi dingue avec un autre vieux copain. Je n'ai simplement pas envie que ça s'arrête, c'est tout. Je n'y peux rien. J'en veux encore et encore, de cette vie-là. »

Wilfred lui sourit. « Merci pour cet inventaire.

– Je t'en prie. Je le pense sincèrement. »

Ils restèrent là sans bouger, main dans la main. Un des préposés au feu réapparut et jeta quelque chose dans le brasier.

« Qu'est-ce que c'est, à ton avis ?

– Du fenouil, répondit Wilfred.

– Comme dans une salade ? Mais pourquoi ?

– C'est de l'aromathérapie, d'après Mona. C'est censé neutraliser la fumée… ou un truc du genre.

– Complètement absurde.

– Réfléchis un peu. Je t'ai dit d'où venait l'idée. »

Ils éclatèrent de rire.

38

Gérer Easley

Alors que des hordes d'inconnus envahissaient le parc, Mona et Rhonda s'étaient réfugiées dans la bibliothèque pour prendre un thé.

« On devrait peut-être aller faire un tour du côté du feu de joie, non ? demanda Rhonda.

– C'est pas indispensable.

– Pourquoi ?

– C'est rien qu'un truc idiot qu'on organise pour les gens du coin. Je finis généralement par devoir parler pendant des heures avec un raseur. Crois-moi, on ne rate pas grand-chose.

– Comme tu veux.

– Et puis, dis-moi, tu as vraiment envie de te montrer en public en ce moment ?

– Je ne pense pas, non. Tu as raison.

– Tu dois être complètement lessivée.

– Oui, d'une certaine façon. »

Mona prit la théière et servit Rhonda.

« Depuis un certain temps, je voulais qu'on discute de quelque chose.

– Oui ?

– Tu te sens vraiment prête à rentrer en Amérique ? »

Rhonda réfléchit un instant.

« Non… mais il le faut.

– Et pourquoi ? Tes enfants sont grands et ils ont quitté la maison. Je sais que tu as une sœur là-bas, mais elle a sa vie, elle aussi. Si tu rentres, tu vas passer ton temps avec des gens qui se désoleront de la mystérieuse disparition de ton mari. Même s'ils ne t'en parleront pas en face, ce sera toujours là, et ça empoisonnera ton existence jusqu'à ton dernier jour. Tu seras obligée de jouer la veuve courageuse d'un type qui a voulu te faire la peau. De porter éternellement le deuil d'un monstre. Ernie, même mort, continuera de te mener à la baguette.

– C'est possible, mais…

– Laisse-moi finir. Et si tu appelais ta sœur pour lui dire qu'Ernie t'a téléphoné de France pour te prévenir qu'il ne reviendra pas en Angleterre, et que tu t'en fiches puisque tu avais décidé de le quitter de toute façon ? Je me trompe ?

– Non, c'est ce que je lui ai dit la dernière fois qu'on s'est eues au téléphone.

– Formidable. Alors maintenant, tu vas lui expliquer que tu restes en Angleterre parce que tu t'es trouvé un boulot merveilleux, que tu aimes ce pays et que tu veux t'y installer.

– Et ce boulot merveilleux ? »

Mona leva les bras comme si la réponse allait de soi. « C'est gérer Easley !

– Quoi ?

– Oh, je serai toujours la dame du manoir, parce que c'est ce qu'attendent les touristes. Mais tu peux être l'administratrice de la maison ou la tsarine domestique, ou n'importe quel putain de titre que tu choisiras. Et pas question que tu le fasses pour du beurre, non plus. On se partagera les bénéfices équitablement. Tu as des qualités très précieuses pour moi, Rhonda. Easley n'a pas resplendi comme ça depuis des années, et je sais que tu es capable d'accomplir d'autres miracles si je te laisse prendre les choses en main. Il faudra qu'on t'obtienne un permis de séjour, mais je ne pense pas que ça posera de problème si lady Roughton se porte garante. Et dois-je préciser que Wilfred trouve cette idée géniale.

– Je ne sais pas quoi dire.

– Un simple "oui" fera l'affaire.

– Alors, c'est oui ! Je m'y engage… pour le meilleur et pour le pire. »

Elles riaient encore quand Nilla se rua dans la pièce pour que Rhonda lui grattouille le menton.

« Tu vois ? C'est unanime. »

Rhonda serra la chienne dans ses bras comme une vieille amie.

« Et maintenant, il est temps de faire appel à Mlle Véra.

– À qui ? »

Mona se tapota la joue pour lui faire comprendre qu'elle parlait de son ecchymose.

« Oh, fit Rhonda, c'est si affreux ?

– Mais non. Rien que Mlle Véra ne soit capable d'arranger. »

39

Presque une promesse d'éternité

Le matin de leur départ, alors que les deux visiteurs s'apprêtaient à se rendre à la gare, Mona fit une proposition à Anna.

« Tu veux bien monter jusqu'à la folie avec moi ? »

La vieille dame jeta un regard dubitatif au petit belvédère perché sur la colline.

« Tout là-haut, tu veux dire ?

– Je sais que la pente est rude, mais j'ai une bonne raison de te le demander.

– Je m'inquiète seulement un peu pour le taxi.

– C'est ce bon vieux Colin, il attendra si nécessaire. Et il ne doit pas arriver avant une demi-heure de toute façon.

– Alors d'accord ! En route ! »

Elles gravirent ensemble les marches de pierre, Anna en tête et déterminant leur allure. Elle était à peine essoufflée quand elles atteignirent le sommet.

« Une véritable athlète ! » s'exclama Mona en s'affalant sur un transat.

Anna tira une chaise à côté de sa fille et s'assit.

« Je suppose que les escaliers de Barbary Lane m'ont maintenue en forme. Oh, mais regarde-moi cette vue ! »

De là-haut, le manoir ressemblait un peu à un jouet et

on voyait presque tout le domaine. À la plus grande joie de Mona, Anna était déjà capable de reconnaître le portail, la chapelle, la vieille grange et le bois des jacinthes sauvages. Le grand cercle où on avait allumé le feu de joie était désormais plat et gris, parfaitement nettoyé et ratissé par un bataillon de Scamp. Il suffirait d'une bonne grosse pluie d'été, et l'herbe recommencerait à pousser, aussi fine dans un premier temps que le duvet sur la tête d'un nouveau-né.

« Je comprends pourquoi tu m'as amenée ici, dit Anna.

– La vue est magnifique, non ? Mais ce n'est pas la seule raison.

– Alors, dis-moi ?

– Eh bien, tu es allée partout ailleurs à Easley et… je garderais à jamais tous ces souvenirs dans ma mémoire… simplement je ne voulais pas qu'il y ait un seul endroit auquel je ne puisse pas t'associer.

– Quelle enfant bizarre tu es ! Tu m'as conduite jusqu'ici pour que j'y laisse ma trace.

– C'est à peu près ça.

– Comme un chien.

– Tu as quelque chose à y redire ?

– Rien du tout. »

Anna prit la main de Mona.

« Quand je reviendrai, tu sais, je veux voir les jacinthes sauvages en fleur. »

Mesurant le sens de ces mots, Mona sentit son cœur se gonfler de joie. Non pas « si » mais « quand » elle reviendrait.

« Je pense qu'on pourra arranger ça. »

Loin en contrebas, les modèles réduits de Michael et de

Wilfred apparurent sur la pelouse. Michael leur cria que le taxi était arrivé.

Les mains en porte-voix, Mona beugla :

« On descend, Babycakes ! »

Ils se dirent au revoir devant la maison, tandis que Colin laissait le moteur du taxi tourner au ralenti. Des adieux à la gare auraient eu quelque chose de trop solennel, songea Mona, de trop définitif. Il valait mieux prendre congé simplement, sous le soleil d'Easley, la queue de Nilla battant l'air pour accompagner leur départ. Ce n'était pas une promesse d'éternité, mais presque.

Mes sincères remerciements vont à…

Ian McKellen et Graham Norton qui nous ont accueillis, Chris et moi, jusqu'à ce que nous trouvions notre maison à Londres.

Lucinda Hawksley dont le livre sur Lizzie Siddal a été pour moi une précieuse source d'inspiration.

Roy Simpson et Sandy Ingram pour avoir relu ce manuscrit d'un œil de lynx.

Michael Cashman et mon avocat, Barry O'Leary, qui ont fait les démarches nécessaires pour que nous obtenions la nationalité britannique.

Mon agente, Binky Urban, qui a guidé ma carrière avec amour et dévouement.

Mon éditrice chez HarperCollins, Millicent Bennett, dont la foi en ce roman m'a poussé à continuer d'écrire.

Mon ami, Stephen Barclay, responsable de mes relations publiques, qui fait tout pour satisfaire mon éternel besoin de monter sur scène.

Mon éditeur chez Transworld, Bill Scott Kerr, qui a republié les dix tomes de mes *Chroniques de San Francisco*, et m'a fait enfin entrer chez Penguin.

Mon agent littéraire à Londres, Gordon Wise.

Daisy Merrick, en charge des droits de publication à l'étranger.

Allison Barrow, brillante attachée de presse et amie de toujours.
Jamie Neidpath, 13e comte de Wemyss et March, dont le manoir, Stanway House, nourrit mon imagination depuis quarante ans.

Du même auteur

AUX ÉDITIONS PASSAGE DU MARAIS & 10/18

Chroniques de San Francisco :

Chroniques de San Francisco

Nouvelles Chroniques de San Francisco

Autres Chroniques de San Francisco

Babycakes

D'un bord à l'autre

Bye-bye Barbary Lane

Maybe the Moon

AUX ÉDITIONS DE L'OLIVIER

Une voix dans la nuit, 2001
Points n° 959

Chroniques de San Francisco,
tomes 1 et 2 (épisodes 1 à 6), 2006

Michael Tolliver est vivant (épisode 7), 2008
Points n° 2132

Mary Ann en automne (épisode 8), 2011
Points n° 2829

Anna Madrigal (épisode 9), 2015
Points n° 4345

Chroniques de San Francisco,
tome 3 (épisodes 7 à 9), 2018

Mon autre famille, 2018
Points n° 5013E

RÉALISATION : NORD COMPO À VILLENEUVE-D'ASCQ
ACHEVÉ D'IMPRIMER SUR ROTO-PAGE
PAR L'IMPRIMERIE FLOCH À MAYENNE
DÉPÔT LÉGAL : MAI 2025. N° 2210-03 (107181)
IMPRIMÉ EN FRANCE